青鸟童书
只做对得起时间的书

版权专有　侵权必究

图书在版编目（CIP）数据

这才是孩子爱读的三国演义 . 三国归晋 /（明）罗贯中原著；梁爱芳编著；小林君绘 . -- 北京：北京理工大学出版社，2024.3
ISBN 978-7-5763-3125-7

Ⅰ.①这… Ⅱ.①罗…②梁…③小… Ⅲ.①《三国演义》—少儿读物 Ⅳ.① I242.4

中国国家版本馆 CIP 数据核字（2023）第 224124 号

责任编辑：申玉琴	文案编辑：申玉琴
责任校对：刘亚男	责任印制：施胜娟

出版发行	/ 北京理工大学出版社有限责任公司
社　　址	/ 北京市丰台区四合庄路6号
邮　　编	/ 100070
电　　话	/（010）68944451（大众售后服务热线）
	（010）68912824（大众售后服务热线）
网　　址	/ http://www.bitpress.com.cn

版 印 次	/ 2024年3月第1版第1次印刷
印　　刷	/ 三河市金元印装有限公司
开　　本	/ 880 mm × 1230 mm　1/16
印　　张	/ 9.5
字　　数	/ 110千字
定　　价	/ 299.00元（全8册）

图书出现印装质量问题，请拨打售后服务热线，负责调换

主要人物

 张苞

 廖化

 司马懿

 郭淮

 马岱

 司马师

 司马昭

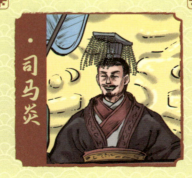 司马炎

目录

71 孔明诱敌破魏军
　　—— 诸葛亮的套路太深 1

72 诸葛亮气死曹真
　　—— 司马懿又被算计了 13

73 诸葛亮陇上扮神仙
　　—— 诸葛亮是人还是神 24

74 上方谷火困司马懿
　　—— 司马懿离死亡最近的一次 37

75 五丈原诸葛亮归天
　　—— 逆天借寿，终究败了 54

76 死诸葛吓走活仲达
—— 被死人算计的滋味 67

77 司马懿装病诓曹爽
—— 司马家全员演技在线 80

78 司马师虎口夺权
—— 曹魏王朝之权力的游戏 91

79 姜伯约智斗邓艾
—— 姜维一生的劲敌 105

80 三分天下一归晋
—— 姜维的最后一计 125

孔明诱敌破魏军

——诸葛亮的套路太深

蜀汉打败曹魏的消息传到东吴，整个江东几乎都要沸腾了。

白发苍苍的张昭趁机劝吴主孙权自立为帝："最近听说武昌的东山有凤凰来仪，大江之中屡次出现黄龙。这是天降吉兆，属意主公登临帝位啊！主公的德行能与唐尧、虞舜匹敌，英明能与文王、武王并列，应当立即登皇帝位，然后出兵攻打曹魏，一统天下！这样的话……老臣……老臣死也能瞑目了！"

众多官员纷纷响应。

于是，孙权于当年夏四月在武昌南郊筑坛，登基为帝，改年号为黄龙元年。

随后，孙权派使臣到蜀中，商议联合伐魏的事。在诸葛亮的支持下，后主刘禅也派出使者带礼物到东吴去，先贺孙权登基，又提出了让东吴先出兵的方案。

东吴众臣沉默不语，唯有陆逊心下清明，暗想："他让我们先兴兵，吸引曹魏的主力，他好坐收渔翁之利，这诸葛亮真是狡诈啊！"

于是，陆逊建议孙权答应下来，表面上操练兵马，暗中拖延时间，拖到诸葛亮出征后他们再作打算。

使者回到汉中，将这个消息报告给诸葛亮，诸葛亮了然一笑，也不计较。

诸葛亮备战已足，但也不着急动手，而是命人去探听陈仓的军情。很快，一个让他振奋的好消息传来：陈仓守将郝昭病重。

诸葛亮兴奋地一拍案："大事可成了！"当即派姜维和魏延各自率领五千人马三日内赶赴陈仓城下，到时候会有密探在城中点火，一旦城中火起，立刻全力攻城。

他自己也率领大军星夜赶往陈仓。

陈仓守将本来就病入膏肓，忽然听到蜀军来攻城，连惊带吓一命呜呼。陈仓城很快便被蜀军一举拿下。

诸葛亮趁热打铁，让姜维和魏延去夺了散关，而后声势浩大地兵出祁山。

诸葛亮再出祁山北伐，东吴枕戈待旦日日练兵，这两则消息震惊了曹魏朝野。曹睿愁思不解，满朝文武也惴惴不安，如果孙刘再次联合，恐怕击破京师指日可待啊。

司马懿不慌不忙地说："陛下不用忧虑，他们的结盟只是暂时的。诸葛亮记恨猇亭之仇，和东吴结盟的诚意不多，只是做做样子罢了。东吴也知道他的意图，假意出兵来应付西蜀，他们不会真的帮助西蜀。如今只需防备西蜀即可。"

听了司马懿的话，曹睿仿佛吃了一颗定心丸，立刻任命司马懿为大都督。

司马懿皮笑肉不笑地说："陛下，总兵将印还在大将军府上呢，您是不是忘了……"

曹睿一怔，这才想起曹真还在养病，马上说："朕派人去取。"

"不，臣亲自去取，"司马懿道，"顺便探望一下大将军。"

自从陈仓一战后，曹真一直缠绵病榻，自然不能领兵打仗。司马懿一来，曹真也便识趣地交出了总兵将印。

就这样，司马懿兵发长安，驻扎在渭水之南。

他见蜀军千里奔袭而来，却并不着急作战，就猜到了诸葛亮一定有什么图谋。

恰逢武都、阴平两处迟迟没有军报送来，司马懿不放心，便派出郭淮和孙礼抄小路去查看两郡的情况，顺便绕到诸葛亮的背后去扰乱后军。

这样的雕虫小技哪能玩得过诸葛亮？郭淮和孙礼刚走到半路上，就得知了武都、阴平被攻破的消息。想要撤军，又遇到了等待已久的蜀军。

只听山背后传来一声炮响，闪出一路军马，旗上写着"汉丞相诸葛亮"，中央一辆四轮车上端坐的不是诸葛亮又是谁？

郭淮、孙礼看见本应该在渭水之滨战场上的诸葛亮时，都吓得挪不动眼珠，惊叫："你……你怎么会在这里？"

诸葛亮在小车上摇扇大笑："你家大都督的计谋，怎能瞒得过我？我猜他收不到武都、阴平二郡的消息，必定会派人来察看，他是不是教你们袭击我军背后？如今谋算都已落空，你二人不趁早投降，是想驱兵与我决战吗？"

郭淮、孙礼听完十分恐慌，还不等他们想出对策，就听见背后喊杀连天。王平、姜维、关兴、张苞分别领兵从前后杀来，杀得郭淮和孙礼丢盔弃甲往一处山上逃，连马也弃了。

张苞急于立功，不顾一切地策马追赶，谁知因为不熟悉地形，一个不留神，竟连人带马跌入山涧。

蜀军众人慌忙下去营救，救上来时才发现张苞的头跌破了，伤势危急，只得连夜送回成都养病。

因为蜀军众人无暇顾及，郭淮和孙礼这才有机会逃回魏营。见了司马懿，他们俩依旧脑门冒汗、浑身颤抖，一句话也说不出来。

司马懿不服气，又派张郃、戴陵各领一万精兵，趁夜偷袭蜀军营寨，不料诸葛亮早有预料，魏军再次大败而归。

司马懿面色凝重，第二天便开始坚守不出，狠狠道："诸葛亮带的粮草有限，就是拖，我也能拖死他！"

如此一连半个月，诸葛亮自然猜出了司马懿的奸计，他眉头一皱，马上命蜀军撤退

三十里安营。

有魏军将士忍不住,想要追击,却被司马懿狠狠驳回了。

诸葛亮隔几日再次撤军三十里。魏军得到情报后,聚在一起商议对策。

"这诸葛亮老跑什么呀?"司马懿自言自语道。

张郃疑惑地问:"莫非蜀军又缺粮了?所以诸葛亮才要跑?"

司马懿道:"不可能,上次因为粮草不足吃过的亏,诸葛亮还会再吃?况且去年汉中粮食大丰收,今年的麦子也快成熟了,这次他必然粮草充足,支撑个半年不成问题,他又怎么肯轻易离开?这必定是他见我连日不战,设下的引诱之计。"

张郃道:"万一要不是呢?若是让他逐步退回汉中,那岂不是白白错失了追击的机会,属下愿意去试探一番!"

司马懿说:"不可。诸葛亮诡计多端,你如果发生差错,会使我军丧失锐气。不可轻易追击。"

张郃坚持道:"我若出战失败,甘愿受军令处罚。"

司马懿苦拦不住,只得同意了他的请求,但还是再三叮嘱道:"既然你非要出战,那就由你领三万军马先行。若遇到蜀军,必须奋力死战。我领五千人马随后接应,防备伏兵。出发后不要着急交战,可先在半路上驻扎,不要让士兵太过疲乏。"

司马懿想了想,又留下一部分人马守在营寨内,以防诸葛亮来偷袭。为了应付急变,他还在沿途留下探马,不断往来递送消息。

不得不说,司马懿的安排滴水不漏。

诸葛亮探明军情后,又生一计,他召集帐下众将,说:"如今魏兵来追,一定会拼死作战,需要以一当十才能拦住他们,你们谁愿意领兵去阻击?这个任务艰巨,不是智勇双绝的将领,不能担当此任。"

说完,诸葛亮目光如炬,直视站在一旁的魏延。引诱司马懿,相当于去拔老虎的胡领，这个任务有多危险，众人都心知肚明。魏延也不傻，他强忍着脸上的灼热，低头不语。

"丞相大人，属下愿意领兵前往。"王平主动出列朗声回答道。

"王平，你可知道此行十分危险，九死一生？"诸葛亮故意问。

"知道。属下肝脑涂地，万死不辞。若有失误，甘愿受军法处置。"王平一脸坚定地说。

"好！你肯冒死前往，不愧是我大汉的忠臣！"诸葛亮一脸欣慰地夸赞。这话让魏延一张脸涨得通红，拳头在袍袖里面紧紧握住。

诸葛亮又叹了一口气，说："不过，如今魏军兵分两路前后而来，王平纵然智勇，也只能抵挡一处。还需要有一位将领同去，难道我军中再没有舍生忘死的人了吗？"

魏延刚想出声，却被另一人的声音盖了过去："我愿意去！"众人闻言一看，是张翼。

诸葛亮一脸欣慰地给二人派兵。

众人退去后，诸葛亮又悄悄安排了姜维、廖化带着锦囊妙计负责接应，再让吴班、吴懿、马忠、张嶷四将附耳听吩咐，如此一番筹谋后，才算作罢。

再说奉命来追赶蜀军的张郃和戴陵，他们气势如同疾风骤雨，却被吴班、吴懿、马忠、张嶷四将拦在半路上，耍猴子似的耍着玩。时值六月，天气本就炎热，魏兵被四将且战且退诱惑着追出去五十多里，全都累得气喘吁吁。

可不等他们喘口气，山上的诸葛亮令旗一招，关兴立刻领兵杀出。马忠等四将也一齐回头掩杀张郃和戴陵。

张郃和戴陵拼死力战，才勉强不落下风。可耳边忽然又是一阵喊杀声，王平和张翼各带着一路人马杀出。

张郃见形势危急，大声对部将喊道："你们现在不拼死一搏，还要等到什么时候？"

魏军深受鼓舞，奋勇突围，却还是不能脱身。危急时刻，司马懿亲自率领精兵杀到，其他蜀将纷纷撤离，只有王平、张翼二人被魏军困在了战场中心。

王平心中暗道:"丞相料事如神,此行果然九死一生!"

张翼则是牙一咬,心一横,对身边的蜀军将士喊道:"我们与魏军决一死战,丞相自会来救我们!"

两人相视一笑,当即分工行动:王平率领一军截住张郃和戴陵;张翼率领一军竭力抵挡司马懿。双方拼死力战,喊杀声连天。

而此时在山上围观的姜维和廖化,也忍不住暗暗佩服丞相料事如神。

原来,诸葛亮早料到魏军被困之后一定会殊死搏斗,蜀军未必能敌,在派遣了王平和张翼之后,又悄悄唤来姜维和廖化,给他们一只锦囊,说:"你们见王平被困,无法脱身时,不必去救,只需拆看锦囊,依计而行。"

眼下,姜维对廖化说:"这就是丞相说的危急时刻了吧,快打开锦囊看看丞相是何妙计。"

廖化从怀中掏出锦囊,拆开后,只见字条上面写着:

"汝二人可分兵两支,竟袭司马懿之营;懿必急退,汝可乘乱攻之。营虽不得,可获全胜。"

二人仰天大笑,拨转马头,冲着魏军大营飞奔而去。

司马懿正与张翼斗得正酣,忽然收到从大营传来的军报:"大事不好啦,姜维和廖化带人去袭营啦!"

司马懿一听叫苦连天:"哎呀!又中了诸葛亮的阴谋诡计!我就说不能追!不能追!你们不信!如今追出来却坏了大事!还不快撤!"

当下,他着急忙慌地想要率领大军返回营寨。张翼还在后面趁乱追杀,魏军众人根本无心恋战,乱乱纷纷,如同没头苍蝇一般乱撞乱奔,互相踩踏而死的不计其数。

张郃、戴陵见情势危急,也挑山间小路往回撤走。

等到司马懿带着剩下的散兵游勇回到营寨时,却连一个蜀军都没看到。当下,所有

人面面相觑。

"蜀军是天兵天将，来无影去无踪？"

司马懿到此时才恍然大悟，自己又被诸葛亮给玩了，什么劫营？根本不存在！不过就是诸葛亮派小队人马使的一招扰乱军心的计谋！他仿佛只是轻轻地弹了一下小手指甲，就让自己损失惨重……

司马懿的脸色比锅底还黑，当下责骂众将士："你们不懂兵法，只凭一腔孤勇就要强行出战，才有了这次的惨败！今后谁要是再不遵我命令，胆敢轻举妄动，军法处置！"

众将都羞惭告退。

这一战，魏兵折损极多，遗弃的马匹、器械不计其数，蜀军收缴战利品欢天喜地地回营。

诸葛亮上前一把扶住受伤的王平，说："这一战，为你记头功！"

王平舔舔皲裂的嘴唇，说："都是丞相神机妙算，属下不敢居功！"

众将都用敬佩的目光望向王平，唯有魏延低首不语。

"赢了这一仗，下一步就是长驱直入，直取长安！"诸葛亮兴奋异常，"今晚，我给诸位庆功！"

众将正欢呼雀跃间，忽然有一个从成都来的报丧人哭着进入大帐，说："启禀丞相，张苞将军重伤不治，已经殉国了。"

"什么？"仿佛一个晴天霹雳，令诸葛亮倏然变色，整个人都呆住了，"你再说一遍！"

"张苞将军殉国了。"

报丧人清晰的话语一字一字传入诸葛亮的耳中，断无听错的可能。诸葛亮只觉得天旋地转，喉咙中涌起一股腥甜，"哇"地吐出一口鲜血，身子瞬间向后倒去，人事不省。

"丞相！"众人慌忙去扶，又唤来军医察看，直到天亮时分，诸葛亮才悠悠醒转。

姜维见诸葛亮眼皮一动，马上问："丞相，您怎么样？"

诸葛亮面色苍白如纸，悲叹道："张苞一死，等于是要了我半条命啊……"

蜀汉五虎上将相继离世，关兴与张苞便成了这一代年轻将领中的佼佼者，被诸葛亮另眼相看。对张苞，诸葛亮似乎有一种格外的期待，常常亲自教他兵法、战术。他喜欢张苞那直爽憨厚的性子，打仗不要命的虎劲儿，更喜欢他粗中有细，要不了多少时日就能成长为和他父亲一样优秀的大将。张苞这一死，自己数年的心血毁于一旦，如同断了一臂！

哀伤过度，令诸葛亮病得卧床不起，不能理事，蜀中诸将都担忧不已。

十天后，诸葛亮叫来众人吩咐说："准备撤军吧。"

"为何？"这两个字冲口而出，姜维迷惑不解。

诸葛亮说："司马懿若是知道我病了，必然要开始反攻，到时候就被动了。我如今头脑昏沉，不能理事，还是先暂时撤回汉中，日后再做图谋吧。"

想了想，他又叮嘱道："你们切记不能走漏消息，动作务必要快。"

诸葛亮离开五天后，消息才传到曹魏营寨中，司马懿马上调兵遣将，到蜀军营寨察看，才发现那里早已是一座空营。

他忍不住感叹道："诸葛亮有神出鬼没之计，我不如他！"

眼下也无仗可打，司马懿留下诸将分兵防守在各处隘口，自己班师回朝了。

趣味链接：古人关于死亡的说法有多讲究

本回中，蜀汉将军张苞去世，报丧人用了一种委婉的说法：殉国，就是为国家而死。

其实，在古代，人们忌讳死亡，凡是说到"死"这个字眼时，通常习惯采用一些比较委婉的说法来替代。另外，不同身份等级的人，"死"的别称也不尽相同。《礼记·曲礼下》："天子曰崩，诸侯曰薨，大夫曰卒，士曰不禄，庶人曰死。"

古代把天子的死看得很重，常用山崩来形容。

诸侯的地位仅次于天子，他们的死叫作"薨"，意思是他们的死也震惊世人。后来，有封爵的大官之死也称"薨"。

卒，由"终了""完毕"之义引申为人的死亡，用于一些地位稍低的官员之死，后来一些文人墨客之死也称"卒"。

古代士人之死称为"不禄"。禄，指的是官员的俸禄，不禄就是不再领取俸禄，是对死亡的委婉说法。

无官爵的平民、百姓之死，才直言不讳地通称"死"。

另外，未成年人去世称作"夭"或"殇"，长辈去世则婉称"见背"，还有"涅槃""圆寂""羽化""仙游"等都是死亡的别称。

诸葛亮气死曹真

——司马懿又被算计了

建兴八年（公元230年）的秋天，缠绵病榻许久的曹魏大将军曹真竟然奇迹般地病愈了，他迫不及待地再次以征西大都督的身份，统率四十万大军伐蜀。司马懿作为他的副手随军出征。

此时的诸葛亮也在御医的调理下日渐痊愈，积极备战北伐。收到曹真与司马懿兵发汉中的消息，诸葛亮不禁一笑："他们来得不巧啊，天公不作美！"

姜维不解地问："怎么说？"

诸葛亮的目光从天边徐徐收回，说："我昨夜观天象，接下来的一个月会有大雨，连绵不断，魏兵就算有四十万之多，也断然不敢深入山险之地，到时候只得退兵。等他们撤退之时，我军再伺机，以逸待劳，何愁不能取胜？真是天助我也！"

于是，命令王平和张嶷率领一千士兵把守住陈仓古道，诸葛亮自己随后统率十万大军出汉中迎敌。

果然不出所料，一场秋雨悄无声息而来，在陈仓附近盘桓不去，接连下了一个月。蜀军早在诸葛亮的安排下备足了粮草，选在高处扎营，因而不受其害。

曹真的四十万大军就惨多了。诸葛亮上次撤离时，让魏延放了一把火，将陈仓城烧成了白地，魏军既找不到房屋落脚，又没有地方可以休憩，临时搭盖的草棚哪里顶得住连日的暴雨？很快，营地内外的水积了三尺深，军器、草料全泡在了水里，战马没了草料，将士们也找不到一个睡安稳觉的地方，因而怨气冲天。

曹真满面愁容，盯着地图的眼睛半天都挪不开。正在这时，帐门忽然一响，一个披蓑衣、戴斗笠的小校模样的人走了进来。曹真正要责骂这人没规矩，却见这人将斗笠一摘，露出了司马懿那张熟悉的脸。

曹真心头暗骂："这个家伙八成又是乔装打扮出去侦察了！就喜欢装神弄鬼！"

司马懿开门见山地说："大都督，现在营中怨言颇多，要谨防军变。"

曹真叹了口气，将案几上的一封诏令递给司马懿，说："陛下已经下诏，让我们班师回朝呢。"

司马懿也不由得叹了口气："好不容易挨了这么久，无功而返，真不甘心啊。"

曹真皱眉："我军这一个月来深受阴雨之苦，将士们毫无战斗之心，不撤军也没有办法。我只是担心，如果诸葛亮知道我们退兵，会不会趁乱来进攻？"

"哈哈！"司马懿干笑一声，"那倒不必担心。我猜诸葛亮必定不会追赶，而是会声东击西……"

"哦？他会进攻哪里？"

"祁山。"

曹真不信："不可能！诸葛亮用兵如神，怎么可能白白放过大好战机？"

司马懿说："以我对诸葛亮的了解，太容易摘下的果子他反倒生疑。我们撤军，他一定知道我们会设下埋伏等着他，所以他不会追；但他们会趁我们分身乏术之时，从斜谷出发，攻克祁山。所以，我们只要埋伏在箕谷、斜谷一带，必然能一举击败诸葛亮。"

曹真问："你确定？陛下命我们班师，如果在中途耽搁，可是杀头的罪过。"

司马懿道："不如咱们来打个赌吧！大都督和我各自把守一个谷口，十天内必然能等到诸葛亮。"

"如果等不来呢？"

"那我愿赌服输，我涂脂抹粉扮成女人，众目睽睽，来给都督请罪。"

曹真一愣："这司马懿真是豁得出去，脸都不要了！"

当下，曹真率领一队人马埋伏在斜谷谷口，司马懿率领一队人马埋伏在箕谷谷口，专等蜀军到来。

可一连许多天过去了，蜀军都没有动静。魏军营寨内的不满之声愈发强烈。

这天晚上，司马懿又换上了小兵的衣裳，混迹在下等军官的营帐内偷听。一名黑脸汉子满腹牢骚："将军在搞什么鬼？打又不打，走又不走，我还等着回去娶媳妇呢！"

旁边有人起哄："你小子敢在将军面前说这些话吗？"

黑脸汉子脖子一梗："怎么不敢？我不光敢说，还要啐他一脸呢！"

司马懿的脸顿时黑如锅底，他沉声问道："你怎么对将军怨气这么大？"

黑脸汉子叉腰气愤地说："大雨淋了这么多天都不肯回去，如今好不容易肯撤退了，又守在这鬼地方非要打赌，来来回回遭罪的可都是我们这些小兵！"

第二天一早，司马懿升帐，让人将这名黑脸的下等军官绑过来，呵斥道："朝廷养军千日，用在一时。你怎敢因为一己私欲就口出怨言，使军心涣散？"

说完，也不等那人狡辩，就命人将他推出去斩首，自此再也没有人敢扰乱军心了。

再说诸葛亮这边，先是安排了魏延、陈式等蜀将从箕谷进军，想了想十分不放心，又派邓芝追上去叮嘱一番。魏延知道邓芝是诸葛亮的亲信，一定是有话要交代，心头首先不悦。果然就听见邓芝说："丞相有令，出箕谷时务必防备魏兵的埋伏，不可轻易冒进。"

魏延冷笑一声，陈式马上嚷嚷道："魏军深受大雨之害，现在必然仓皇撤退，溃不成军，怎会再设下埋伏呢？我军应当日夜兼程，全速前进，方可获得大胜，为什么又要下令不前进呢？丞相不是用兵如神吗？怎么放着大好的战机不抓住？"

邓芝见陈式火气冲天，并不恼怒，只温和一笑，道："丞相的计策没有不中的，这么安排自然有他的考虑，陈将军不能违令啊！"

陈式突然冷笑，说："他要是事事都能料中，街亭为什么失守？"

邓芝还未开口，一旁的魏延也笑呵呵地开口，那笑容不达眼底："丞相当初若是采用我的建议，径直出子午谷，现在怕是洛阳都到手了！我们这么多年来，就是太盲目相信丞相了，不知道误了多少事！"

"怪不得丞相说魏延有反骨呢，果然心术不正。"想到这里，邓芝面色一沉，对魏延道："魏将军，慎言！对丞相不敬可是要掉脑袋的。"

魏延一笑，说："我这么多年浴血奋战，还怕死吗？我只是实话实说罢了。如今既然让我等从箕谷进军，为何又下令不许轻易前进，这不是号令不明吗？在这箕谷磨磨蹭蹭的干什么呢？"

陈式听到这里，一腔怒火已经被成功挑起，他大叫："我愿意率领本部五千兵马径直出箕谷，等我先到了祁山扎营，痛歼曹魏兵马，看丞相羞不羞愧！"

邓芝见阻拦不住，只得立即返回禀报诸葛亮。

诸葛亮听了并不恼火，笑道："在我意料之中。陈式去箕谷闹一闹也好，否则曹真还不一定会中计。"

诸葛亮当下唤过王平、马岱等人，安排他们去劫魏营。

邓芝担忧地说："陈式若是真的与曹真交了手，恐怕他们会进一步加强防卫啊！此时劫营……"

诸葛亮笑着说："陈式此去箕谷必遭曹真伏击，且必定会败，恰恰是因为陈式败了，曹真才会放松警惕。"

果然，陈式一到箕谷就遭遇重创，几乎全军覆没，要不是魏延拼死相救，连他的命也要扔在司马懿军前。

"魏兵果然有埋伏！"陈式心有余悸，"诸葛亮真的是料事如神？他怎么知道司马懿守在箕谷？"

魏延冷笑道："我不信他的运气总这么好。"

话说王平、马岱等人趁着夜色来到斜谷，冷不防袭击曹真大营，杀了个酣畅淋漓。

因为曹真并不相信诸葛亮会来斜谷，他一心只等着十天赌期一过，好去阵前看司马懿穿女人衣服出糗。结果一将疏忽，连累千军。曹真不当回事，他手下的将士更是不当回事了，军容懈怠，疏于防范，蜀军一冲进来就丢盔卸甲、四散奔逃。很快，被俘的魏兵就排满了山谷。

曹真拼死逃出来，正好遇到了闻讯赶来救援的司马懿。二人阵前相见，曹真羞得无地自容："仲达，我没脸见你……"

司马懿道："大都督休要丧气，诸葛亮夺了祁山地势，我们不能再留在这里了。当务之急是你我二人兵合一处，到渭水之滨安营扎寨。晚了恐怕又要中诸葛亮的算计。"

曹真问道："你怎么猜到我会有此大败，赶过来救我？"

"诸葛亮诡计多端，擅长拿捏人心。他派陈式佯装进攻，使我军大胜，放松警惕，为的就是诱你轻敌！"司马懿喘口气，又说，"我派来见你的人回报说，你这里没有一个蜀兵，我就觉得事情不对劲儿，所以前来接应。如今千万不要再想打赌比赛之类的事了，只一心报国才好。"

"我终究是输了！"曹真在马上长叹一声，忽然跌落马下，人事不省。

因为意识到自己比不上诸葛亮，也比不上司马懿，曹真心里越来越惶恐，积郁成疾，终于卧床不起。司马懿担心军心不稳，也不敢再让曹真领兵出战，只在渭水岸边扎营，闭寨不出，静待时机。

却说诸葛亮大胜之后，在祁山下安营扎寨，犒劳军队，而后清算众将的过失。违抗军令的陈式被推出去斩首示众，有过亦有功的魏延，诸葛亮选择不赏不罚。

邓芝对此很是不解，悄悄问道："丞相这是何意？陈式不过是魏延的枪，真正的坏种是魏延！"

诸葛亮道："我又怎会不知。他时常怀有不平之意，我因怜惜他的勇力而任用他，也知晓他日后必生患害。如今我对他不赏不罚，不过是留着他还有大用。"

邓芝见丞相心中有数，这才放下心来。

诸葛亮随后召集众将议事，说："我听说曹真在阵前昏厥，想必一定是病得很重，我准备给他写封信，送他上路。"

姜维道："如今的情形，曹真若是不死，曹睿很快就会命令司马懿退兵；曹真若是死了，曹睿要为他报仇雪恨，魏军反而不会撤兵了。"

诸葛亮眼中射出坚毅的光芒，说："要的就是他们不退兵！我数次北伐，为的就是定鼎中原，完成先主的遗志。如今曹魏兵败势弱，正是全歼的大好时机。我必须留下司马懿，决一死战。"

姜维望着诸葛亮瘦削的身影，心头不由一酸，陷入了沉思。

诸葛亮径直走到案几前，写下一封给曹真的信，又让人带来几个魏兵俘虏，温言软语劝他们帮自己带封信给曹真。

病中的曹真听说诸葛亮给自己写了一封信，十分好奇，不顾侍从的劝阻，挣扎着坐起身来也要看。

一展开信纸，就见上面苍劲有力的字迹，全是对自己的羞辱，什么"不学无术""违反天命""被杀得心惊胆战、抱头鼠窜""无颜入朝堂，无颜面对父老百姓""遭遇这样的大败不死何为"之类的，字字句句犹如带毒的箭，深深刺入曹真的心，他"哇"的一声吐出一口鲜血，双眼翻白，直挺挺地仰面躺倒。

当天夜晚，曹真气绝身亡。

小校立刻将这个消息报告给司马懿，司马懿大吃一惊，问："怎么回事？怎么突然就死了?"

"大都督白天看了诸葛亮的一封信。"

"什么?"司马懿皱着眉头问,"信上写的什么?"

"不知道,大都督命人烧了。"

"坏了!这下坏了!"司马懿忍不住长叹一口气。

曹睿得知曹真的死讯,果然命司马懿停止撤军,在渭水与蜀军决战。

司马懿得令后,给诸葛亮下了战书。第二天,诸葛亮率领全部将士来到渭水边迎战司马懿。

司马懿看到诸葛亮摇着羽扇、坐在四轮车上出现在阵前,顿时气不打一处来,骂道:"你不过是南阳的一个村夫,怎么总想着北伐?我的主上仁慈,不愿跟你计较,你要是识相一点,就赶紧带人回去,大家各自守好疆界,相安无事,你们也能留下一条小命。"

诸葛亮见他气急败坏,也不生气,反而笑着问:"曹氏篡夺汉室江山,我受先帝托孤,怎么能不尽心讨伐反贼呢?反倒是你,你家世代都是汉家臣子,不想着报效汉家天子,反而助纣为虐,你不觉得羞耻吗?"

司马懿被他说得满面羞惭,不甘心落了下风,干脆叫嚣道:"你敢不敢和我比一比?我若输了,我就再不做大将;你若输了,就趁早回家种田去!"

诸葛亮问:"你想比什么?斗将、斗兵,还是斗阵法?"

司马懿说:"我听闻你的八卦阵很有名,我也不欺负你,就先斗阵法吧。"

诸葛亮轻轻摇了摇羽扇,一脸稳操胜券的表情,说:"那你先布个阵让我看看吧。"

司马懿差点被他指点小辈的语气气到跳脚,但一想到自己会的这个阵法,心里又忍了下来,心想:"你等着,我马上就给你点厉害瞧瞧,看你还能不能继续这么嚣张!"

司马懿手里拿上阵旗,径直走入中军帐,挥动旗帜指挥着军队移动,很快就布完一阵。他上马出阵,一脸得意地问诸葛亮:"你认得我的这个阵法吗?"

诸葛亮语气轻飘飘地说："这不就是混元一气阵吗？小意思，我军中最末等的将领都会。"

司马懿不服气，说："别说大话，有本事你布个阵给我看看。"

诸葛亮轻轻摇着羽扇走入阵中，挥一挥羽扇指挥，很快蜀军也排好了一个阵法。

他出阵后，问司马懿："你认得我的这个阵法吗？"

"不就是八卦阵吗？如何能不认得。"

"既然认得，那你敢破我这个阵吗？"

"怎么不敢？"

司马懿回到自己的阵中，交代三位将军："你们去破阵，只要从正东的'生门'攻进，往西南的'休门'杀出，再从正北的'开门'杀入，就能破了这个阵。"

他打算得很好，但三位将军一进入阵中就被蜀军打乱了阵脚，冲了半天也出不来，哪还分得清东南西北？最后直接被捉住捆起来送到诸葛亮面前。诸葛亮让人将他们的衣服扒光，在他们的脸上涂墨，然后将他们放回去。

司马懿看到他们这副样子，气到破口大骂："太丢人了，我还有什么脸面回去见陛下！诸葛小儿，敢如此羞辱我，我要杀了你！"

骂完，他直接拔剑在手，指挥三军一起冲阵，誓要将这个八卦阵破了，一雪前耻。

司马懿刚冲到阵前，就听见阵后鼓角齐鸣，原来是关兴领兵杀了出来，他下令一部分人分出去迎战，自己带着剩下的人继续冲阵。

正专心破阵时，又听见一阵喊杀声，姜维也领兵杀了出来，司马懿直接被三路夹击了，他此时也不敢恋战，急忙下令撤兵。

诸葛亮收兵回到祁山后，不由得喜笑颜开，正准备再大战一场，忽然收到后主刘禅的密诏，命他立即撤军。

原来，这都是司马懿使的反间计。

他战败之后，眼看着不能力敌，便打算智取。

他先派人到成都，散布小道消息，说诸葛亮拥兵在外，功高盖主，有心篡权自立。接着重金收买刘禅身边的宦官，让他们给刘禅进谗言。刘禅昏庸懦弱，顿时慌得不知道怎么办才好。

宦官趁机建议将诸葛亮召回，削去兵权，免生叛乱。刘禅直接就照做了，当下用一纸诏书将诸葛亮召回成都。

司马懿原本还打算趁着诸葛亮撤军时掩其不备，一举歼灭蜀军。

可诸葛亮哪能猜不出司马懿的心思呢？他收到诏书后一个人在大帐中枯坐了半晌，一句话也不说。

姜维等人上前劝慰，他才长长叹了一口气，说："主上年幼，一定是身边有了佞臣，才会如此对我。司马懿好手段，我若不回，就是欺主，我若奉命退回，这大好的机会就错过了，日后怕是也难再有。唉……"

姜维担忧地说："若真是司马懿，他肯定还有后手。他若是在大军退回时乘势掩杀，该怎么办？"

诸葛亮听到这话，才打起精神来开始部署撤军。司马懿这个老狐狸，一定会在自己撤军时出手，如此便效仿孙膑使出一招"减兵添灶计"吧。

当即，蜀军开始在诸葛亮的安排下有条不紊地撤兵，每撤走一千军丁，便多挖出一千口灶，如此虚虚实实，司马懿果然不敢贸然出兵。

等士兵来报说蜀军大寨空无一人时，司马懿才反应过来，但实在怕了诸葛亮的多智多谋，只能眼睁睁地看着诸葛亮不折一兵一卒地退回了汉中。无奈之下，司马懿也只能收兵回长安了。

诸葛亮到成都向刘禅复命，得知了前因后果，忍不住老泪纵横："陛下，这必然是司马懿使的离间计啊！老臣受先帝厚恩、临终所托，怎敢有一丝一毫的异心？您若是听信奸邪小人之言,老臣以后还怎么能够讨伐贼人,完成先帝遗愿呢?"

刘禅后悔不迭,惭愧地说:"相父,朕错了,朕不该错信小人之言,更不该怀疑您。"

"唉,大好时机已错过,这莫非是天意?"说着话,眼泪又情不自禁地流下来。

刘禅和众臣连忙相劝,诸葛亮却突然双膝跪地,禀道:"陛下,臣还要北伐,此心至死不渝!"

什么是"减兵添灶计"

通过对前文的阅读,想必大家都知道了诸葛亮是个谨慎的人,凡事"走一步看三步",说他心细如发一点也不为过。司马懿和他比耐心、细心,那可真是有点自不量力了。

在本回中,司马懿设计陷害诸葛亮,令他不得不撤军。注意,撤军时的诸葛亮依旧是小心小心再小心,使了一招"减兵添灶计",没有给司马懿一丝可乘之机。

说到"减兵添灶计",还得先说说"添兵减灶计"。"添兵减灶计"的首创者是战国时期的孙膑。孙膑是"兵家至圣"孙武的后代,因为智计频出,也被称作"计圣"。

孙膑曾与庞涓是同窗,庞涓因为嫉妒陷害孙膑,使他遭了膑刑和黥刑。但孙膑身残志坚,坐在轮椅上帮助齐国打了不少胜仗,还成功完成了向庞涓的复仇。

"添兵减灶计"就发生在著名的马陵之战中。孙膑通过减少行军饭灶数量的方式,伪装出士兵逃亡的假象,欺骗庞涓轻敌冒进。

而诸葛亮巧妙地反用了孙膑的"添兵减灶计",命军队一边撤退一边增加灶眼数量,让司马懿搞不清楚蜀军营寨中士兵的真实数量,不敢轻举妄动,从而不失一兵一卒地成功撤军,这就是"减兵添灶计"。

诸葛亮陇上扮神仙

——诸葛亮是人还是神

建兴九年（公元231年）二月，杨柳风带来春的消息，漫山遍野都是青草红花，这妩媚动人的景色让诸葛亮不禁想到北方的春天。这个月份，洛阳想必还是春寒料峭吧？

诸葛亮喃喃自语："这千里江山什么时候能重新姓刘呢？"

姜维从诸葛亮身后递上一杯清茶，说："师父，您润润嗓子。"

诸葛亮温和一笑，问："伯约，你去过京城吗？"

姜维的脸微红，答道："我是天水人，不曾去过京城。"

"早晚有一天，我们会打到洛阳去，"诸葛亮道，"我这一生所求不多，唯有这件事是我的心病，要是能实现，那我这一生也就没什么遗憾了。"

"师父，您春秋正长呢……"

诸葛亮摇摇头，打断姜维："人命天定，留给我的时间怕是不多了。"

就在这个春天，诸葛亮再次兴兵北伐，直奔祁山而来。

然而，三军出发时粮草并未准备充足，多次向成都催促粮草，却迟迟没有运到。如今军中消耗巨大，蜀军很快出现了粮荒。

众将士不免有些担忧，诸葛亮却笑着说："不慌，早在我的预料之中。如今陇上的麦子将要成熟，我们派人去割就是了。"

于是，留下王平、张嶷、吴班、吴懿四员大将镇守祁山大营，诸葛亮亲自带着姜维和魏延等大将，前往陇上收麦子。

可谁知，司马懿像个鬼影似的，隔着万水千山都能嗅到诸葛亮的味儿，已经提前来到陇上等着了。

姜维担忧地问："丞相，这麦子还能收吗？"

"司马懿以逸待劳，恐怕对我军不利。"邓芝叹气说。

"不用担心，我早早做了一些准备。"诸葛亮笑着说，"这个司马懿，得吃点苦头才好。"

众蜀将见诸葛亮已有应对之策，也都放下心来。

话说，司马懿一听说诸葛亮又出祁山，立刻毛遂自荐，向魏主曹睿领了大都督之职，引大军来到陇上。

营中众将都大感不解，问："诸葛亮不是去祁山扎营了吗？为啥我军要到陇上？大都督这又是玩的哪一出？"

司马懿胸有成竹："诸葛亮必然要来陇上收麦。"

"啊？大都督，您怎么知道的？"一人小心翼翼地问。

司马懿笑而不答。

"这些年，司马懿和诸葛亮多次交手，几乎无一胜算，这次为什么这么斩钉截铁地预判诸葛亮的动向？"曹魏将领心里都犯嘀咕，但谁也不敢开口质疑。司马懿的脾气，大家是领教过的——上一秒谈笑风生，下一秒杀人不眨眼。

谁知，几天后，蜀军的大旗出现在陇上，曹魏众将士对司马懿无不刮目相看："最懂诸葛亮的，果然是咱们大都督！"

司马懿面带得意之色，立即于大帐中排兵布阵，准备与蜀军好好厮杀一场。

突然有军校进帐报告说:"大都督,不好了!"

司马懿不高兴地问:"大惊小怪的,出什么事了?"

"阵前来了一群人,不知道是人是鬼,把马都吓惊了。您快出去看看吧!"

司马懿出营一看,可不是嘛!远处的麦田里,诸葛亮簪冠鹤氅,手摇羽扇,端坐在四轮车上,左右簇拥着二十四名身穿黑衣、披发持剑的人,小木车的前方是一个手执皂幡,魁梧如天神的男子,脸上画着神秘的花纹,看不清真实的长相。

司马懿不禁脸色一变:"这诸葛亮又在搞什么鬼?"

于是,司马懿调拨了两千人马,吩咐说:"你们去,将诸葛亮连车带人给我捉回来!"

诸葛亮看到魏兵追来,便下令掉转车头朝着蜀营方向缓缓前行。

魏军拼命追了好一会儿,始终追赶不上。追着追着,忽然发现天色暗了下来,阴风习习,冷雾漫漫,前方的诸葛亮一行人在浓雾中时隐时现,更显得如同天兵天将下凡一般。

魏军心中大骇，勒马不敢上前："奇怪！我们追了三十多里了，明明看到他们就在前面不远，却始终追不上，这是怎么一回事？"

"从前我就听说诸葛亮有通天彻地、呼风唤雨的本事，难道……这传言是真的……"

众人惊惧之下，有了撤退的心思。

诸葛亮见魏军不敢上前，又下令将小车推回来在魏兵不远处晃悠。

有胆子大的魏军牙关一咬，还是追了上去，但还是和之前一样，无论怎么打马狂奔，总还是和诸葛亮一行人差一点距离。众人更加惶恐了。

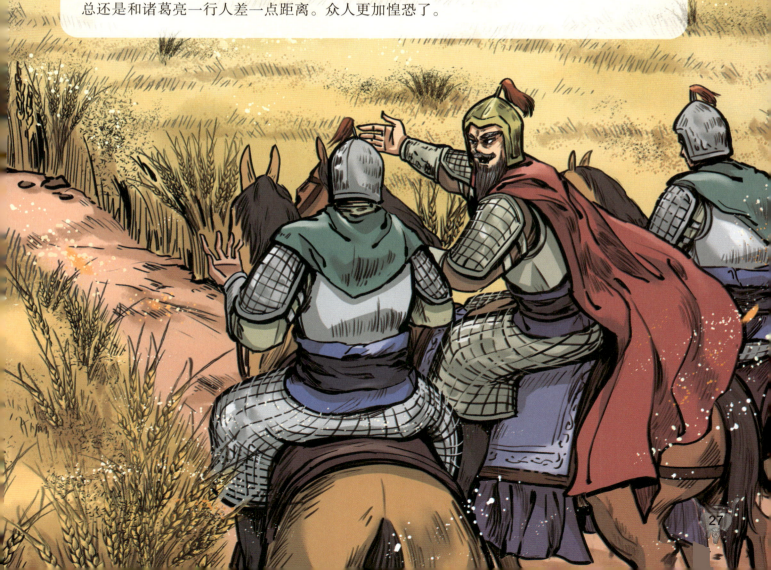

司马懿眼看着自己的先锋小队被大雾吞没，更吃了一惊，亲自率领另一队人马追了上去。

听到先锋小队的士兵们七嘴八舌地诉说之前的怪象，说诸葛亮是神仙，司马懿闻言脸色一沉，说："胡说八道！这哪里就是仙法了？诸葛亮善使奇门遁甲之术，这不过就是六甲天书中的缩地术。追不上就不用再追了。"

众人这才安定下来。司马懿刚想领着众人回营，忽然听见战鼓作响，一彪人马杀了出来。慌乱间，司马懿召集众人抵挡，不经意一抬头，就看见不远处又有一队人马推着诸葛亮的小车出现，就连披发持剑的黑衣人和手执皂幡的天神都丝毫不差。

司马懿也吓得够呛："怎么又出现了一个诸葛亮，难不成还真是天神下凡？"

话音未落，右边战鼓声响起，同样配置的一行人出现在右边。

"神兵！这一定是神兵！"有魏兵惊叫出声。

魏军众人如同被惊醒了一般，纷纷四散奔逃。就连司马懿也打马狂奔，生怕慢了一步。

正奔逃间，又听见一阵骇人心魂的鼓声响起，果然又出现了一样配置的一行人推着端坐车上的诸葛亮出现。

眼看着东南西北四个方向各出现了一个诸葛亮，魏军众人魂飞魄散，更加不要命似的仓皇逃窜，生怕晚了一步就被天兵天将抓起来。

这是怎么一回事呢？

原来诸葛亮早早算到今日天降大雾，就趁着这天赐良机，使了些小小的障眼法——他命人造了三辆和自己日常用的四轮车一模一样的小车，让姜维、马岱、魏延都打扮成自己的样子坐在小车上，每辆车又安排了二十四个一模一样的跟车人和一个威武的"天神"。

因为大雾弥漫，魏军一时之间也难以分辨，而真正的诸葛亮只是在阵前诱敌的那一个。

这些虚虚实实、真真假假的诸葛亮，几乎活活把司马懿给吓死。

他一路打马狂奔，逃回了上邽城，只觉得眼前金星乱舞，胸口被一块千斤巨石压着喘不过气来，差一点就从马上摔下去。

幸好司马昭冲上来，扶住了他。司马懿气喘吁吁地说："快！快！紧闭城门，别让诸葛亮追进来了！"

一连三天，司马懿都睡不好觉，只要他一闭上眼，诸葛亮那身穿鹤氅、手摇羽扇的淡定模样就会出现在眼前，吓得他魂飞魄散，大叫着醒来。

司马昭关切地问："父亲，您这是怎么了？"

司马懿长长吐出一口气，抹去额头上的汗珠，无力地说："做噩梦了……"

司马昭又说："父亲，蜀军撤退了……我们抓住了一个掉队的蜀军……"

"快，拉来见我！"司马懿急切地翻身坐起，又重复道，"就来这里，快！"

那个蜀军小兵被拉来时满脸惊慌，司马懿问他："前几天是怎么回事？你又是怎么回事？"

"丞相想割……割麦子，我……我就是割麦的人，马匹走丢了……才被你们捉来的……"小兵吞吞吐吐地说。

"割麦子？"司马懿一脸震惊地说，"蜀军中究竟有几个诸葛亮？"

小兵一愣，旋即老老实实回答说："只有一个丞相，剩下三人是姜维、马岱和魏延三位将军假扮的。"

"假扮的？"司马懿猛地站起，一阵头晕目眩，又让他重重地坐在床上，"障眼法？哈哈哈哈！居然是障眼法！居然又骗了我！"

蓦地，司马懿冷笑一声："是障眼法就好啊，障眼法就说明他是人！他不是神！哈哈哈哈！"

这时，副都督郭淮求见。司马懿将郭淮请了进来，将之前发生的事一一告知。

郭淮笑着说："这样的计策也就只能瞒得了一时，如今都督既然已经识破了，可要去报诸葛亮戏耍之仇？"

"伯济是不是有主意了？"

"我听说诸葛亮收割了麦子之后，如今正在卤城晾晒，不如你我各带一支军队，出其不意攻下卤城，捉拿诸葛亮！"

司马懿听从了，当即分兵两路朝着卤城而来。

却说诸葛亮这边，自从魏军被吓怕后，诸葛亮事先安排好的三万士兵倾巢出动，手持镰刀疯狂收割，很快就将陇上成熟的麦子收割干净，回到卤城晾晒。

粮草问题暂时得到解决，蜀军上下都高兴不已。

诸葛亮却没有盲目高兴，他了解司马懿，等他识破了之前的计谋，一定会来报复。

诸葛亮召集众将领到帐下，说："今天晚上，司马懿一定会带人来攻城。我准备在卤城四周的麦田里设下伏兵，与城中士兵夹击魏军，你们谁敢前去设伏？"

姜维、魏延、马忠、马岱四位将领站出来，异口同声地说："我们愿意去。"

于是，四人分别带人埋伏在卤城周边的麦田里，只等与丞相约定好的信号一响，就杀出来收拾魏军。诸葛亮自己也领着一百人携带信炮出了城，准备给魏军一些惊喜。

不到三更，司马懿的人马果然到了卤城下，将卤城围得如同铁桶一般。原以为卤城城池矮、壕沟浅，很快就能攻下，不承想，一靠近，城上便万弩齐发，矢石如雨，魏军难以前进一步。

正不知如何是好时，魏军忽然听到从自己军中传出了信炮数声，三军大惊，全都搞不清楚这是怎么回事。郭淮刚想去查一查是谁不听命令放的炮，就看见麦田的四角火光冲天，几支蜀军从不同方向杀出，喊杀声大震。

还来不及反应，魏军众人就看见卤城城门大开，蜀兵从里面杀出来，与埋伏在麦田的蜀兵里应外合,将魏军困在了中间。

魏军腹背受敌,死伤无数,司马懿领着部将拼死突出重围,逃到了卤城外的山上。

"又败了!"夜色中,司马懿闭上了双眼,一脸黯然。

郭淮提议说:"都督,如今我们损兵折将,再去攻打诸葛亮怕是很难取胜了,不如

发檄文调集雍、凉两地的人马前来支援，合力剿杀。我再带人去攻打剑阁，断了他们的运粮道路和退路，到时候就不怕消灭不了他们了。"

司马懿采纳了郭淮的建议。自那天起，魏军就高挂免战牌，无论蜀军如何骂阵，司马懿都把脖子一缩，拒不出战。

再说诸葛亮这边，姜维等将领见丞相再一次料准了，不禁心下大为佩服。诸葛亮安排他们在卤城四周安营扎寨，防备魏军再来偷袭。

可左等右等魏军不来，去魏军营前骂阵，他们也拒不出战，诸葛亮就猜到了他们是在打什么坏主意。当即派出姜维和马岱分别率领一万人马星夜行军，先去守住关键地点。

等郭淮和孙礼领着西凉人马到达剑阁时，直接被以逸待劳的蜀军打得落花流水，很快便撤走了。

司马懿亲自领着召集来的援军攻打蜀军大营时，也被士气高涨、严阵以待的蜀军一拥而上，杀得节节败退。

接连打败司马懿，蜀军上下士气大振，就连一向沉稳的诸葛亮也露出得意之色，大赏三军。谁知，才高兴了一两日，忽然就接到了永安李严传来的告急信——有小道消息称，东吴最近派使臣去了洛阳，听说是已经和曹睿达成同盟，不日即将起兵，请丞相早做打算。

这消息宛如晴天霹雳，让诸葛亮心中一阵冰凉，他担忧地说："要是东吴兴兵入侵，咱们就要两面作战了，不行，我得尽快赶回去。"

于是，当即传令让祁山大寨的人马先行退回西川，自己坐镇卤城防备司马懿偷袭。

司马懿虽然知道蜀军祁山大寨撤退的消息，但害怕又是诸葛亮的陷阱，也不敢去追。等到卤城也空无一人的时候，司马懿才相信蜀军是真的撤退了，连忙派人去追。

先锋张郃不愿意放弃立功的大好良机，主动请缨："大都督，我愿意带兵去追杀诸葛亮。"

"你的性子急躁，不适合去。"司马懿轻轻摇头否定了他。

张郃急了："都督出征的时候任命我为先锋，如今真正要用人的时候反倒不用我，这是什么道理呢？"

司马懿叹了口气："也罢！诸葛亮诡计多端，必然会在沿途设下埋伏，你若是非要去，一定要万分小心！"

张郃见司马懿同意了，火急火燎地追了上去，完全无视了司马懿"小心有埋伏"的好言提醒。

诸葛亮听说是张郃追来时，摇头笑道："人拗不过命。这个张郃，天堂有路他不走，地狱无门偏进来。我昨夜观看星象，曹魏有一颗将星暗淡，想必就是他了。"

此时的张郃还沉浸在即将获得胜利的巨大喜悦中，一路上的心情都无比畅快。前方就是剑阁了，诸葛亮就在眼前。如果他能缚住这条卧龙，那将是不世之功……

张郃越想越兴奋，催马也越来越急。前方的探马来报，说山路狭窄，询问是否歇马缓行。张郃不耐烦地道："歇什么歇？继续追！"

众人不敢反驳，只得继续闷头急行军。行至一个拐角处，山路愈发狭窄，张郃顿感事情不妙，已然来不及了。身后忽然传来三声炮响，紧接着一声大喝传来："贼将率军哪里去？"

张郃回头一看，原来是蜀将魏延。

张郃大怒，扑上去就与魏延恶斗。斗了不到二十个回合，蜀兵突然丢盔弃甲，连粮袋、水囊都丢了。魏兵连夜赶路辛苦，正在饥渴难耐的当儿，谁还顾得上打仗啊？纷纷扔下兵器去抢粮食和水。张郃大怒，杀了几个带头的才止住慌乱。

再抬头时，魏延已经率领蜀兵跑出去了好几里。

张郃大手一挥："给我追！"

又往前追了不到十里，忽然喊声大起，关兴带人杀了出来，依旧是且战且退，将张郃诱到一片密林中。

张郃心中暗暗生疑，派人四下打探，却连一个伏兵都没有发现，于是又放心地去追。魏延和关兴轮流出马与张郃车轮战，一直将张郃诱到木门道口。

此时天色已晚，张郃追了大半天，早已疲惫不堪，见前方的魏延跑得衣甲、头盔全掉了，只剩单人匹马继续逃跑，边跑还边叫嚣："张郃逆贼！做什么追我追个没完？我又拦不住你，何必非要置我于死地？你若追上我，定要与你鱼死网破！"

张郃气得鼻子都快歪了，心想："这我还能放过你？"当即纵马紧追不放。

当他发现丢了魏延的身影时，已经晚了。只听山上传来一声炮响，立刻从山上滚下来一大堆木石杂物，将他前进、后退的路都堵死了。

张郃顿时眼前一黑，进退无路，两侧又全是陡峭的山壁，除非自己会飞，否则根本无法逃脱。不等张郃多想，就听见一声梆子响，紧接着，无数羽箭如流星一般飞来，身后的魏军纷纷中箭倒下，张郃自己的面门也正中一箭，一声惨叫后倒地身亡。

随后赶到的魏军，看到前方的道路被堵死，便知道张郃中计了。众人心下惊慌，正准备撤离，忽然看到山头燃起大片火把，诸葛亮稳稳坐在小木车上，以羽扇指向众人，仰天大笑道："我今天出来打猎，本来想捉一匹马，没想到却有一个不知死活的獐子跑来送死。你们回去告诉司马懿，他早晚要死在我手里！"

魏军回去拜见司马懿，细说前事。转述的一番话气得司马懿眼前发黑，勉强支撑住身子，哀伤地哭泣："张郃身死，都是我的错。我拦住他就好了！"

旋即，又恨恨地道："诸葛亮，你给我等着，我迟早要报仇雪恨！"

但眼下多说无益，他也只能带着人马迅速从剑阁撤离，返回洛阳。

归途中，一场细雨不期而至，司马懿耳听着雨声淅沥，心中的愁云愈发浓郁。

趣味链接：剑阁

本回中，诸葛亮在剑阁木门道两边设下埋伏，导致魏军损兵折将，大将张郃也命殒木门道。后人有诗曰："伏弩齐飞万点星，木门道上射雄兵。至今剑阁行人过，犹说军师旧日名。"

其实，关于"剑阁木门道"这个说法一直颇有争议。按照现在地理位置的理解，木门道在甘肃天水，剑阁在四川，两地相去甚远，怎么能放到一起说呢？

有的学者认为，这是小说家记叙时出现的失误。

也有的学者认为，我们现在理解的剑阁是相对狭义的概念，三国时期的"剑阁道"包含了祁山道在内的多条古蜀道。目前，这一种说法可信度更高一些。

蜀道是古代关中通往汉中、巴蜀的多条道路，因为经过多处险江、峡谷地段，先民们发明了"栈道"，即在临江石壁上开凿栈孔，插木为梁，立水为柱，架设桥阁以通行。

三国时期，诸葛亮为了方便运兵，也曾"凿石架空为飞梁阁道"，对古蜀道进行维护和扩建，还在大剑山（剑门山）中段，依崖砌石为门，修建了"一夫当关，万夫莫开"的剑门关。三国后期，姜维据守剑阁，钟会大军屡攻无果，若不是最后邓艾率军从阴平小路偷袭成都，蜀汉也许不会那么快灭亡。

剑门关作为蜀道第一险关，自古以来就是兵家必争之地。清代顾祖禹《读史方舆纪要·四川》云："蜀之所恃，惟在剑阁。""剑阁危，则蜀之大势十去其九。"

李白在《蜀道难》里也曾吐槽过蜀道之难和剑阁之险——"蜀道之难，难于上青天""剑阁峥嵘而崔嵬，一夫当关，万夫莫开"。

上方谷火困司马懿

——司马懿离死亡最近的一次

诸葛亮从剑阁撤军时，表面上慢条斯理，实际上却心急如焚，五出祁山再次无功而返，而他已经皓首苍髯，又有多少年可以筹谋呢？

然而，回到汉中之后，还有一场更大的打击等着他——刘禅派遣尚书费祎到汉中见诸葛亮，询问他无故班师的原因。

诸葛亮这才知道，原来是催督运粮的李严迟迟征不来粮草，又担心被责罚，故而放出"东吴即将攻来"的假消息，将诸葛亮骗回来。诸葛亮恨不得立刻斩杀了误事的李严，自己也被气得大病一场。

但良机已逝，只得回成都积草屯粮，重新筹谋。

三年后，诸葛亮重整兵马，再次举起北伐的大旗。

然而，此次出征并不顺利。先是太史谯周以鸟群投汉水而死，成都有柏树夜哭等不祥之兆为由，劝阻诸葛亮北伐。诸葛亮不愿意以这些虚妄的不祥之兆放弃北伐，当即亲去昭烈庙祭拜先帝，哭诉北伐之决心。

出征后，刚到汉中，就收到关兴病亡的噩耗，令诸葛亮心痛如绞。

然而，这些都无法阻止诸葛亮剿灭汉贼的决心，无论如何也要再出征，再试一次，哪怕是逆天而行。

曹睿得知诸葛亮率领三十万大军出祁山的消息，当即召来司马懿。

司马懿再次被任命为曹魏大都督，统兵四十万，驻扎在渭水之滨的北原，与诸葛亮对阵。

出征前，曹睿亲笔写下诏书，叮嘱司马懿，为了减少魏军伤亡，此次迎敌尽量以防守为主，想尽办法消耗蜀军的粮草，等他们粮草耗尽了，自然就会退兵。到时候再乘虚攻打，以免除自家人马疲劳之苦。

为了达成持久战的目的，司马懿当即命人在渭水上搭起九座浮桥，令先锋夏侯霸、夏侯威率领本部人马到渭水对岸去安营，与大本营守望相助。之后，还在大本营后面的不远处筑起一座土城，以防万一。

诸葛亮见状，派一队人马虚攻北原，暗地里却安排了五千人乘坐装有草把的木筏趁乱划到浮桥边，试图烧毁浮桥，切断司马懿南北大营之间的联系。

可谁知一开战，形势就对蜀军不利，司马懿已经猜到了诸葛亮可能会来烧毁浮桥，提前设下埋伏，直接打了诸葛亮一个措手不及。

诸葛亮战后统计战况时，发现这一战折损了一万多人，心中郁闷不已。担心后面的仗更难打，他立刻让尚书费祎带着自己写给吴主孙权的书信，到东吴去游说两国联合攻曹的事。这费祎能言善辩、有勇有谋，靠着三寸不烂之舌说动了孙权，孙权当场答应出兵三十万北征曹魏，以缓解蜀汉的压力。

诸葛亮看完孙权的回信，对费祎的表现十分满意。不料，费祎却心事重重，用眼神示意诸葛亮屏退左右侍从，才压低声音说道："孙权对魏延将军颇有成见……说……说不知道为什么诸葛丞相聪明一世，却不懂识人……"

诸葛亮背手一笑，说："我心中有数，魏延这个人脑后有反骨，不得不防。只是眼下还离不了这人，你放心，他翻不出我的手掌心。我死之前，一定把他除去。"

费祎听诸葛亮说的丧气话，不由得面色一变，忧心忡忡道："丞相，您也该爱惜自己的身体……"

诸葛亮摆手笑道："不妨事。我的身体我自己心中有数。"

却说司马懿在渭水南岸和蜀军交战已经有了些日子，各有胜负，众将心中难免有些急躁，司马懿却不慌不忙，道："诸葛亮数次兵出祁山，都是因为粮草不济而撤军，这次他还会败走的。蜀中虽然鱼米丰庶，想通过剑阁运出来也不是容易的事，我们只需要坚守不出，就能拖垮他们！"于是，任凭蜀军如何挑战，魏军都不再出战。

蜀军众人猜到了司马懿的意图，眼看着粮草一日日消耗，用人力、牛马从剑阁运粮又很不方便，心慌不已，诸葛亮却笑着说："我早就做了准备。"

原来，他早就在西川收购了大量木材，此次出征又携带了一千多名工匠，如今已经在上方谷中秘密造出了许多木牛流马。

"这些木牛流马能够昼夜不歇息地搬运粮草，上山下岭无所不能。若运用得当，还能坑一把司马懿。"想到这里，诸葛亮舒心地笑了。

这天，司马懿还在大寨里优哉游哉地消磨时间，忽然帐外闯进来一个探马，急吼吼地说："都督，蜀军的粮草补给运来了！"

"哦？运来了多少？谁领兵？"司马懿问。

探马说："蜀将高翔，他们用木头牛马运粮，日夜不停！"

这下子可把司马懿给惊到了，什么木头牛马？诸葛亮到底在搞什么鬼？他赶紧披挂整齐，亲自带着一小队精兵前去探查。果然看见远处半山腰上有一队奇怪的木头牛马，排成一字长蛇形前行，爬山下坡，毫不费力。

司马懿大吃一惊，问："诸葛亮这是又发明了什么武器？"

为什么说又呢？因为诸葛亮太聪明了，处理政务和军事根本用不完他的脑子，捎带脚还要搞一些小发明。这些轶事被传得神乎其神，司马懿深信不疑。

身边的探马连忙说:"大都督,听附近的老百姓说,蜀军管这些叫木牛流马,它们行走极快,运粮极多,而且因为它们是木头做的,不需要休息,也不需要吃草料,既省人力又省物力!"

司马懿听了,不由得倒抽一口冷气,旋即双眸中闪出狡黠的光,他大手一挥,说:"张虎、乐綝,你们带人去给我抢三五匹回来!"

张虎和乐綝当天夜晚就各自带领五百军士,趁着夜色埋伏在蜀军运粮必经之路的山谷旁,等蜀军队伍快走完时,抢了队伍最后面的几匹木牛流马就跑,蜀军猝不及防,还真叫他们得手了。

司马懿看着将士们赶回营寨的木牛流马,饭都顾不上吃,就蹲在这些神奇的粮车面前钻研起来。这些木制的牛马果然能进能退,就像活的一样。

司马懿高兴地说:"这个办法你能用,难道我就不会吗?"当即召来营中能工巧匠百余人,将木牛流马拆开,按照原有的尺寸、长短、厚薄,连夜仿制出一匹。

司马懿看着这匹木牛流马,兴奋得满面红光:"哈哈哈!木牛流马而已,有什么了不起?老夫也能造得出来!"

当下命人急招能工巧匠,不出半个月的工夫,魏军营中便造出两千多匹能走能运粮的木牛流马,和诸葛亮打造的一模一样。

司马懿就让镇远将军岑威率领一千名军士驱驾着这些木牛流马,前往陇西搬运粮草。魏营军将,皆大欢喜。

却说诸葛亮得到司马懿劫走木牛流马的消息,微微一笑:"我命运粮队故意贴着山根走,就是让司马懿这老贼眼红,让他来抢!要不然他怎么替我们造木牛流马呢?"

魏延纳闷不解。姜维解释道:"丞相的机关,老贼怎么会研究得透彻呢?老贼造出来的木牛流马,不过就是送给我们的礼物,我们岂有不收的道理呢?"

诸葛亮与姜维对视一眼,皆哈哈大笑起来。

他叫来王平，吩咐说："你率领一千人马，装扮成魏人的样子偷偷去北原，将魏军运粮的人赶走，抢下运粮的木牛流马。等魏军追赶上来，你们就把木牛流马嘴里的舌头转一下，然后丢下它们跑就是了，那些木牛流马会立在原地动弹不得，魏军如何也赶不走。等我派去的援军将他们吓跑之后，你们再去转一下木牛流马嘴里的舌头，将它们赶回咱们营寨来。那些魏军搞不懂其中的诀窍，一定会一肚子疑惑，指定不敢来追。"

王平受计率军而去。

两千匹木牛流马日夜不停地往来于渭南与陇西之间，司马懿喜不自胜，还给魏主曹睿写了一封信，大大地自我表扬了一番。

谁知，他刚得意了没几天，这天探马忽然来报，说蜀军大将王平带人将木牛流马劫了去。

"我的一万多石粮草啊！"司马懿大惊，"怎么一回事？"

探马道："今天，岑威将军正领着众人用木牛流马运粮，可那王平打扮成咱们将士的样子突然出现，还说自己是巡粮官，岑将军一行人毫无防备，就被他们抢走了木牛流马。原本郭淮将军已经及时赶到，也杀退了蜀军，但不知道怎的，那些木牛流马突然都不会动了，一个个，就像死了一样！"

"愚蠢！它们本来就是死的！"司马懿气得脸都白了，"后来呢？快说！"

"后来蜀军大将魏延和姜维突然杀出来，还带着一群神兵神将……"

司马昭喝道："胡说八道！哪来的神兵神将？"

"千真万确！小人不敢蒙骗将军。郭淮将军正追着呢，那些木牛流马突然就被一阵烟云藏起来了，还出来了好多神兵……他们奇形怪状，长什么样子的都有，还都穿着五颜六色的衣袍，手里握着旌旗和宝剑……郭淮将军哪里是他们的对手啊……"

司马懿面色煞白，问："什么？你看清楚了？"

探马道："小人看得十分清楚。后来郭将军撤退后，那些……那些家伙围着木牛流

马也不知道做了些什么，木牛流马就又都能走了，那些家伙驱赶着木牛流马风一般很快就消失了。"

"不可能，不可能！"司马懿又惧又惊，扶着膝头大口喘气。

司马昭赶忙上前为父亲抚胸拍背，一边拍，一边说："父亲，如今当务之急是前去接应，若是真的有鬼神，咱们正好也能眼见为实。"

只是，他们前去接应的人马才走到半路，就听到一声炮响，很快就有两路蜀军从两侧山岭的犄角旮旯处冲出来，喊杀声震天。正是张翼、廖化两位将军。魏军直接被吓得抱头鼠窜，司马懿也被张翼和廖化一阵冲杀追得找不到北，最后单枪匹马逃进了一片密林中。

廖化在后面一直紧追不舍，眼看着马上就要追上来了，司马懿灵机一动绕着一棵大树躲闪，廖化挥舞着大刀砍司马懿时，一个没注意就将大刀砍到了树上。

趁着廖化拔刀的时候，司马懿赶紧策马逃跑，很快，他的眼前出现了一条岔路，司马懿机智地将头上的金盔一摘，远远地丢向东面的那条路，他自己却朝着西边那条路疾驰而去。

等廖化追过来的时候，果然就被金盔误导了方向，司马懿因此脱险。

逃回营寨的司马懿心里一阵阵后怕，这时又收到朝廷使者带来的诏书，说东吴从三路入侵，要司马懿暂时按兵不动，不要跟蜀军交战。

司马懿于是挖壕沟、筑壁垒，任蜀军怎么叫嚣都不再出战。

诸葛亮见司马懿当起了缩头乌龟，想着若是要在祁山打持久战，粮食是必须要解决的问题。于是他下令军营中的士兵和渭水之滨的魏国百姓一起种田，种出来的粮食蜀军拿三分之一，魏国百姓拿三分之二。也就相当于士兵出力，百姓出田，大家都得到了实惠，都十分开心。

只有司马师不太开心，蜀军种田之余还要天天来营前叫阵，他几次三番想出去和蜀

兵大大方方打一场，可父亲司马懿因为朝廷的旨意都拒绝了他。

但蜀军并不放弃，这天居然想出了用武器挑着司马懿丢失的金盔到阵前叫骂的主意，魏军的士兵都快要被气炸了。但司马懿还是坚持不肯出战。

诸葛亮见这样都逼不出来司马懿，于是又心生一计。他让人收集了大量柴草、"地雷"等易燃易爆物，通通运送到上方谷去，伪装成一副在上方谷屯粮的架势。然后又假装将祁山大营的将士都调走去屯田，营造出大营空虚的假象，最后又让高翔领着一队将士们每天推着装有粮草的木牛流马往来于大营和上方谷之间，只为了将司马懿引诱到上方谷。

司马懿虽然坚守营寨不出战，却也安排了密探监视蜀军的动向。这番大动作自然很快就传到了司马懿的耳朵里。

司马懿听完探马的来报后，哈哈大笑起来，说："诸葛亮这是自寻死路啊！"

司马师点头附和道："上方谷口小膛大，形状像个葫芦，在这种地方屯兵乃是兵家大忌。"

司马昭疑道："这么浅显的道理，诸葛亮能不懂吗？这会不会又是诸葛亮的阴谋诡计？"

司马懿怔了一怔："你说的也不是没有道理……"

夏侯惠和夏侯和忍不住出声道："都督若是这也担心那也担心，要到什么时候才能消灭敌人啊？不如让我兄弟二人前去，就算是中计死了，也就当是回报国恩了。"他们都是夏侯渊的儿子，谙知韬略，还有两个哥哥夏侯霸和夏侯威，弓马熟娴，四兄弟一直惦记着为父亲报仇，司马懿此次出征就向曹睿请求带他们同行。

见他们意志坚定，司马懿就同意他们分头出战，试探蜀军。

不承想，蜀军一见到他们就夺路而逃，运粮的木牛流马也都不要了。接下来的半个月，每每都是如此。

司马懿难免有些不安，让人抓了几波蜀兵来询问，都说诸葛亮担忧粮草之事，亲自去了上方谷附近的寨中督促，根本不在祁山大营。

司马懿当即叫来众将部署："明天你们合力去攻打祁山大营，我带一队人马去攻打上方谷。"

司马师问："父亲为什么要亲自去攻打他们的后方。"

"祁山大营是蜀人的根本，要是看到我军攻打，各营一定会倾巢出动前来救援。到时候我再去烧毁上方谷的粮草，他们两处受敌，一定会应接不暇，只要让我烧了他们的粮草，他们不败也得败！"

果然，当魏军全力攻打祁山大营时，蜀军四下的兵马齐齐赶往祁山救援，司马懿便领着两个儿子连同中军护卫人马直奔上方谷。

刚到谷口就遇到了蜀将魏延，司马懿挥舞着长枪就冲了上去，魏延也举刀迎战，斗了不到三个回合，魏延便露出不敌之象，掉转马头便跑，很快便带着身边的五百士兵全部退入了山谷中。

司马懿命哨兵进谷中打探情况，哨兵回报说，谷内没有发现伏兵，山上全是囤积粮草的草房子。

"哈哈！诸葛亮果然把粮草藏在这里了！"司马懿喜不自胜，大手一挥，率先冲了进去。司马师和司马昭见父亲一马当先，也一左一右跟了上去。

司马懿冲进上方谷后，早已不见了魏延的踪影，他也不在意，下令道："快！放火！给我烧他个干干净净！"

司马昭看着四周密集的草房子，不安道："父亲，上方谷谷口太狭窄，万一蜀军堵住出路，我们就出不去了。"

司马懿看着草房子上堆积的干草，赞成地说："我儿思虑得对，你速带一路人马去把守谷口，防备蜀军偷袭。"

话音未落，就听见周围喊声大震，从山上落下无数的山石、木桩，将出谷的退路堵得严严实实。

一个去放火的魏兵也叫嚷起来："都督，远一点的房子里都是空的！没有粮草！"

"不好，上当了！"司马懿只觉得脑后一凉，那种熟悉的被诸葛亮玩弄于股掌之间的挫败感油然而生。

可一切都晚了，山上草木间忽然露出无数蜀兵的身影，他们齐刷刷地朝谷中射下带火的箭羽。箭羽点燃了草房子上的干草，火焰引燃了干草中"地雷"的引线，响声震天。

刹那间，上方谷里烈焰腾腾，直冲天幕，魏军被困在中间，犹如身陷阿鼻地狱。

战马被火势吓得不知所措，司马懿只得下马躲避，他仰天长啸："苍天啊！你这是要亡我司马懿吗？"

司马师和司马昭围在司马懿身边，父子三人抱头痛哭："逃不出去了！我们父子三人今天恐怕要葬身火海了！"

"咔嚓！"一个晴天霹雳，天地仿佛被巨刃劈为两半；"轰隆隆！"山谷里炸雷一般回响着雷，转眼间，瓢泼大雨从天而降，

仿佛大坝开闸，瞬间将山谷中的烈焰浇灭了一多半。

司马懿如木雕泥塑一般呆愣当场，任凭狂野的风和粗重的雨点鞭子似的抽打在他衰老的身体上，他感觉不到痛，也感觉不到冷，他只知道自己和儿子活下来了。

是的，活下来了！绝境逢生！

"咚咚咚！"司马懿忍不住对着苍天磕头不止。等司马师兄弟把他扶起来，他的头发、胡须、衣衫上泥水淋淋，已经狼狈不堪，他却大笑起来："哈哈哈！我父子三人命不该绝！活下来了！苍天有眼啊！"

司马懿朝着山上大叫："诸葛亮，你弄不死我！哈哈哈！天命在我，在我啊！你拿什么跟我斗？"

幸存下来的魏军将士在大雨中得意忘形，欢欣雀跃。

"快！随我杀出去！不趁着此时突围，还要等到什么时候？"司马懿低声下令，众人跟着他拼死突围，又遇上了张虎、乐綝来接应的队伍，这才狼狈逃回渭南大寨。可惜渭南大寨也已经被蜀军趁机攻占，司马懿只得烧掉浮桥，据守北岸。

在远处山头围观的诸葛亮，看到司马懿被魏延成功骗进上方谷时，还高兴不已。火光冲天时，他恨不得喝上一壶酒庆祝一下，还以为司马懿必死无疑了。不承想，一场大雨，浇灭了上方谷的大火，也浇灭了他的心气，司马懿留下的那句话更是让他心中五味杂陈，说不出地难受："今日上方谷如此大雨，我竟然看不出天象，都说'谋事在人，成事在天'，果然不能勉强啊……"

当天晚上，诸葛亮没有用晚饭，把自己一个人关在大帐中，不见任何人。

趣味走链接：诸葛亮的核心技术是拿捏人心

在本回中，诸葛亮再次通过"装神弄鬼"骗过了魏军，还骗走司马懿好不容易研发出来的木牛流马和一万石粮草，可以说是不费吹灰之力就得了个大便宜。

这场巧妙的胜利，其实是一场心理博弈，诸葛亮对自己和对手军事将领的心理活动分析得精准到位，充分拿捏人心，才能做到算无遗策。三国故事中有很多类似的心理博弈，专家将其称为军事心理学，这也是三国故事读起来格外精彩、过瘾的奥妙所在。

《三国演义》的作者罗贯中可不是一个文弱的书生，而是有博大胸襟、高远志向的伟丈夫。他还曾在元末起义军领袖张士诚手下做过幕僚，经历过元末的社会大动乱，目睹过现实的纷争，所以呢，他笔下的战争描写更加动人心魄，人物之间的智斗，尤其是对作战双方心理活动的描写，更是胜人一等。

比如在表现诸葛亮和司马懿这两位三国"最强大脑"的比拼时，作者就经常写诸葛亮如何拿捏司马懿的心理，有时候是预判司马懿的预判，有时候是反其道而行之。书里经常用的一个词是"算"，诸葛亮神机妙算，更多的是一种模拟，就是在脑海中把敌我双方的心理活动、可能会采取的行动提前假设，根据假设的情况提前去安排多种应对方案，以便最终出现的结果是自己想要的。不得不说，诸葛亮是拿捏人心的高手啊！

五丈原诸葛亮归天

——逆天借寿，终究败了

上方谷一战，让司马懿分外看重起自己的性命来。

尽管渭水南岸的营寨都被诸葛亮趁乱夺去了，他也丝毫不在意："留得青山在，不怕没柴烧，只要我的性命还在，迟早有我报仇雪恨的那一天。"

自那天起，魏军在渭水北岸的营寨外高挂免战牌，不管蜀军如何挑衅，都坚守不出。司马懿铁了心，一定要拖到蜀军弹尽粮绝。这是一场漫长的拉锯战，谁先着急谁就输了。

显然，诸葛亮比司马懿要着急多了，他六出祁山，寸功未立，近日又感到自己的身体和精力大不如前，怎么能不急呢？如果这次不能成功，恐怕他永远也无法完成昭烈皇帝刘备的遗愿了。

想到这里，他深深地吸了一口气，让侍从找来一套花里胡哨的女子衣冠，下令道："去，送到魏军大营，就说是我送给大都督的礼物。"

侍从大吃一惊，不知道丞相这是什么用意，但也不敢问——丞相经常不按套路出牌，他的奇思妙想又岂是自己这种寻常脑袋能理解的？依命而行就对了。

当司马懿收到诸葛亮送来的锦盒时，大感意外，拆开一看，里面花花绿绿，是一套女子的衣裳和冠饰，还有一封信。

司马懿打开信一看，顿时怒火中烧，信中大意是："仲达，你堂堂七尺男儿，既然做了中原之众的统军大将，理应为国尽忠，沙场裹尸也在所不辞。可为什么你却缩头缩脑不敢应战呢？莫非你是女子吗？既为女子，何不穿上女子的衣冠？也省得被人笑话。你若是还有廉耻心，就早日回信，约个时间决战吧。"

诸葛亮的舌头向来能杀人，一张嘴战败江东群儒，还骂死了司徒王朗，短短几句话就把司马懿撩拨得怒从心头起，但他知道自己不能再中计了。

于是，他强压下心头怒气，装出不在意的样子，对诸葛亮派来的使者笑着说："原来你家丞相把我当女人看啊！这礼物还挺漂亮的，我收下了。"

帐外的魏国大将们原本就被诸葛亮的无理挑衅气得脸红脖子粗，听了司马懿这番话，更是羞愧得无地自容，但司马师和司马昭目光如炬，狠狠地扫视着他们，他们谁也不敢造次，一个个把头低了下去。

只听司马懿又问使者："你家丞相也上了年纪，最近饮食睡眠怎么样啊？"

使者见司马懿问的是家常，也没有在意，脱口而出："我家丞相每天都有很多事情要处理，常常处理到很晚才睡觉，吃得也不多。"

"那还是让你家丞相保重身体吧！"司马懿假装关心地对使者说，"吃得少，操心的事情又多，怕是坚持不了多久吧！"

等送走使者后，魏国大将们进入大帐请战，说："都督怎么能忍受蜀人这样的羞辱呢？我等请求出战，与那诸葛亮一决雌雄！"

"我不出战不是甘心忍受诸葛亮的羞辱，而是谨遵陛下的诏令。作为臣子，怎么能违抗圣旨呢？"司马懿一脸平静地说。

众将还是愤愤不平，司马懿说："那就将这边的情况奏明陛下，请陛下定夺吧。"

在合肥军前督战的曹睿收到奏表后，当即派使者手持符节来到渭北营寨，晓谕三军，严令坚守，闭寨不出。

再说诸葛亮派去魏营的使者回来后，诸葛亮详细询问了在魏营发生的一切细节，当得知司马懿向使者询问了自己的饮食、睡眠状况，诸葛亮眉头一皱，长叹一口气说："司马懿已经猜到我的情形了……"

主簿杨颙劝解道："我看司马懿说的不无道理啊！丞相何必事事亲力亲为呢？像校对簿书这样的小事，就交给职责所在的人去做就好了。治理国家就和治理家庭一样，男仆耕种、女婢做饭，大家各司其职，家主才能高枕无忧。丞相事无巨细都要操心，身体怎么吃得消呢？"

诸葛亮哭着说："道理我又何尝不明白呢？可我受先帝托孤重任，总担心别人不能像我这样尽心尽力！"

众人听了纷纷落泪。

从这天以后，诸葛亮总觉得自己神思不定，总担心有不好的事情要发生。

五丈原的秋天来得有些早，金风阵阵透着凉意，诸葛亮清瘦的身躯有些耐不住寒凉，情不自禁地裹紧了衣袍，又唤小童子来给他添上一杯热茶。

突然，费祎急匆匆地进门，道："丞相，大事不好了。东吴军队在合肥被魏军击败，已经撤军了！"

这消息宛若一桶冰水兜头浇下，诸葛亮眼前一黑，昏死过去。

众人急忙上前抢救，一片惊慌。看着诸葛亮惨白的脸色，大家心中不安，忍不住议论纷纷。

姜维沉声道："大家不必惊慌。丞相连日操劳，太过疲倦，休息几天就会没事了。"

他一面遣散众人，一面叫人去请军医。军医给诸葛亮把了脉，一脸惊慌对姜维道："丞相的身体……唉，恕小人无能……"

姜维一把攥住军医的手臂："你怎么能说这样的话！还不抓紧给丞相医治！"

军医吃痛，忙不迭道："小人……小人……"

"伯约，放开军医，"诸葛亮悠悠醒转，已经隐约听到了姜维与军医的对话，勉力道，"我自己的身体我知道，怕是活不长了。"

姜维放开军医，疾步走到诸葛亮的病榻前，安慰道："您神通广大，总会有办法的。"

"扶我出去走走吧。"

姜维闻言，给他披了一件大氅，慢慢扶着他走出营帐。

夜空明净，银河璀璨，横亘天幕，甚为壮观。

诸葛亮眯起眼睛，仰头观天象，哀道："伯约，我观三台星中，客星倍明，主星幽暗，相辅列曜，其光昏暗。我的寿命也就这几天了……"

"怎么会这样呢？"姜维大惊失色，怔愣当场。忽然，他想起什么似的急忙开口，"您不是精通祈禳之术吗？何不试试逆天改命呢？"

诸葛亮缓缓点头："我虽掌握祈禳之术，但也不知道天意如何。也罢，试试看吧！我现在还不能死！"

"好！什么时候开始？"

诸葛亮沉思片刻，道："八月十五那天吧。你悄悄去准备，亲自给我护卫，不要叫闲杂人等知道。"

当下，姜维按照诸葛亮的嘱咐，亲自到营中选了四十九名心腹精兵，跟着自己到诸葛亮大帐外防守，众人黑衣黑帽，手持黑色旗帜团团围在大帐外，寸步不离地守护，不放任何闲杂人等进入大帐。祈禳之术需要的一切物品也只由诸葛亮的两个小童子搬运。

八月十五这天，一切准备完毕，诸葛亮在帐内布下七盏大灯，以四十九盏小灯环绕，正中心点亮一盏最大的主灯，也就是本命星灯。而后，他点起香烛，摆上花朵、鲜果等贡品，跪在地上虔诚祝祷说：

"我诸葛亮一介布衣，乱世飘零，得遇明主，满腹才华、一生抱负才得以施展。无奈先帝中道崩殂，托孤于我，不敢不尽心竭力征讨国贼，以恢复汉室天下。如今贱躯寿数已尽，难以报答先主知遇之恩，我死不瞑目。不敢奢求长寿，实在事出有因，还望上天垂怜，延我寿命，让我上报君恩，下安黎民，重振汉室，永延汉祀。"

说罢，诸葛亮吐血不止，可他浑然不觉似的，以头触地，跪伏直到天亮。

天亮后，童子送来饭食茶水，姜维接过，送到帐门处，诸葛亮自取。

不一会儿，蜀中的文书也送来，依旧送到帐门处。就这样，诸葛亮白天带病处理公文，晚间向天祈祷。他夜夜吐血，姜维在帐外听得心如刀割，却不敢打扰。

这样的祈禳仪式要持续七天，如果主灯不灭，诸葛亮就能多活十二年。

魏营中的司马懿自从知道诸葛亮食少事多，便每晚夜观星象。司马昭不解地问："父亲，您从天上能看到什么？"

司马懿笑道："我儿不知。我虽然不如诸葛亮会观天象、卜吉凶，但也略知一二，蜀汉的将星失位，诸葛亮必定活不长了。"

司马昭一脸欣喜地说："父亲英明。"

"你马上和夏侯霸各带一队人马去五丈原刺探一下，动静越大越好，若是蜀军慌乱却不出来迎战，就说明诸葛亮已经病重到不能理事了。那也就是我们大举进攻的好时机！"

诸葛亮原本在帐中祈禳一切都很顺利，只要熬过最后一晚，仪式也就成功了。

可魏军突然趁夜来袭，蜀军众人却迟迟得不到丞相的调令，吵吵嚷嚷地乱作一团。姜维生怕有什么变故，提起十二分的小心进帐防守，却还是一个不慎让魏延闯了进去。

魏延好几日不见诸葛亮露面，心中本就颇有微词，如今敌兵来袭，丞相还是一点应对措施都没有，他当即大步流星地奔到大帐去寻诸葛亮。

不承想，他刚闯入大帐，疾走带起的风竟然将主灯熄灭了。

明晃晃的大帐内顿时黯淡下来。

披着头发、手持宝剑，正在踏罡步斗、压镇将星的诸葛亮被这横生的变故激得一口鲜血喷涌而出。他缓缓地丢下剑，叹息道："还是失败了，生死有命，果然强求不来啊！"

姜维闻言，眼睛顿时红了，拔出宝剑刺向魏延："我要杀了你！都是你坏了大事！"

魏延惶恐地跪倒在地，结结巴巴地说："末将不知，末将该死！"

诸葛亮平静地拦住姜维，说："天意如此，是我命数已尽，不是他的错。"

姜维手中的剑"哐啷"一声落地，他以手遮眼，任凭热泪顺着指缝流下来。

诸葛亮转头对魏延说："这是司马懿派来打探我军虚实的，不必惊慌，你率兵击退他们就是。"

魏延如蒙大赦，连滚带爬地跑出大帐，带人去迎击魏军。

等他的人影一消失，诸葛亮立刻狂吐鲜血，把胡须和胸前的衣衫都染红了。姜维慌忙上前，扶他到榻上休息。诸葛亮休息了一会儿，又坐起身，指着一旁案几上堆着的竹简轻声说："伯约，我自知命不久矣，已将我这一生所学著书二十四篇，如今尽数传授于你，希望你能继承我的遗志，继续北伐，如此也算苍天待我不薄。"

"定当竭尽所能，不负丞相所托。"言罢，姜维已经哭成泪人，哽咽着不能言语。

诸葛亮又说："我新想出来一'连弩'之法，还不曾使用。这个法子可以制造出连续发射十支箭的弓弩，威力远胜过寻常弓弩。图样和制作方法也在这一堆竹简里，你可以依照方法打造，或许将来能解你一时危困。"

姜维也哭着拜受了。

想了想，诸葛亮又说："蜀中各道，我都做了安排，不用太过担心。只有阴平之地，你要多加留意。这里虽然险峻，但是时间一长难免会有闪失，千万要多加小心。"

"我记下了。"姜维认真答应道。

诸葛亮认真地看着姜维的眼睛，叮嘱说："你聪慧机警，韬略过人，腹中有千万妙计，若能将我传授给你的尽数学会，将来必定大有作为。有你辅佐主上，我是放心的。"

将担忧之事一一嘱托完毕，诸葛亮仿佛脱力般躺回榻上，无声地笑了："想当年，

我于草庐中初遇先主，便为先主选中了蜀中这块宝地。伯约，你说，老夫是不是有点聪明啊？"

姜维点头："您智绝天下，无人能及。"

"智绝天下？哈哈哈！"诸葛亮剧烈地咳嗽几声，又喷出一口鲜血，"我本想毫无保留地为先主奉献我的忠诚与才能，北伐中原，兴复汉室……只……只可惜还是拗不过天命……天命不由人！不肯再给我多一些的时间……我所求不多，再给我十二年，就够了啊……"

姜维闻言，像个孩子一样号啕大哭起来。诸葛亮以手轻抚姜维的后脑勺，眼中流露出无限爱怜，就好像在安慰自己失意落拓的小儿子。

半晌过后，他命姜维出去，唤马岱将军进来，低声交代了一些事，而后又命长史杨仪来见他。

杨仪刚跪在榻前，诸葛亮就从枕下摸出一个锦囊，递给他说："我死以后，魏延必定会谋反。到时候你再打开锦囊，里面自有除掉他的妙计。"

等杨仪收好锦囊后，诸葛亮又说："军中的王平、廖化、张嶷、张翼、吴懿等诸位将军都是为国家出生入死的忠义之士，你可以完全信任他们。我死之后，军中诸事就都托付给你，你且记住，凡事都依照原有的法度执行，不可匆忙退兵，让司马懿看出端倪。司马懿一直想等着咱们撤兵的时候发动突袭，万不能给他可乘之机。你深谙谋略，我就不再多说了。"

杨仪当即跪伏在地答应下来。

诸葛亮又说："姜维是我的衣钵传人，他的忠心日月可鉴。我将要死去，为国举贤也就不避亲了，望你善待他。他智勇兼备，撤退时可以让他断后，必能保大军安然无恙。"

"丞相放心，我都记下了。"杨仪回答说。

诸葛亮强撑着精神，一一安排完毕，这才昏睡过去。

这一睡，直到晚上才苏醒，他又第一时间给后主刘禅写了奏表，奏明自己的状况。刘禅大吃一惊，连忙派尚书李福快马加鞭赶到军中慰问，询问后事。

李福一进入大帐，看到憔悴、苍老的诸葛亮，眼泪顿时流了下来，他哽咽着转述了后主刘禅的问安之意。

诸葛亮流着眼泪说："我不幸中途丧亡，荒废了国家大事，实在是罪孽深重。我死之后，你们要竭尽所能辅佐陛下，不要轻易改变国家原有的体制，也不要轻易废黜我所任用的人，这样国家就还能如我在世时一样运转。我的兵法已经全部传授给了姜维，他果敢、忠义，自然能够继承我的志向，继续北伐，完成先帝遗愿。我活不了多久了，稍后会有遗表上奏天子。"

李福听完诸葛亮的安排，匆匆辞去。

诸葛亮又叫来杨仪，吩咐说："我死之后，不可发丧，军中也不要有哭悼之声，我有办法让我的将星不落，叫司马懿猜不透我是否真的去世，这样他就不敢轻举妄动。大军一定要有条不紊地悄悄撤退，若司马懿追来，就将我之前雕刻的木像放在车上，推到军前，司马懿一定会被吓走。"

杨仪哭着答应下来。

而后，诸葛亮命人取来文房四宝，在卧榻上给刘禅写了一篇遗表，安排国家大事以及自己的身后事。最后，诸葛亮唤来一个文官，吩咐说："你马上回成都，将我的奏表呈报陛下，就说国家大事我都已经安排妥当，请陛下放心。"

一切都安排停当后，诸葛亮对姜维说："扶我坐上小车，我要最后看一眼营寨。"

诸葛亮坐在小车上，强打着精神，如往常一般巡视了一遍营寨，让将士们都看到他的身影，以消除众人对他身体的担忧。

"非常之时，要用非常之法，越是时局不利，越要淡定如常，"诸葛亮轻声交代姜维，"我死之后，务必要稳定军心，不要给司马懿可乘之机，务必要将全军不折一人地带回去。"

"司马懿是个好对手,我只恨自己没有时间了……"说话间,一丝狠厉浮上诸葛亮的嘴角,他转头对姜维说,"以后曹魏的天下必为司马氏所夺,你要接着和这父子三人斗下去……"

姜维哽咽着答应下来。

待到寂静无人处,诸葛亮感受着凉凉秋风吹在身上,遍体生寒,于是长长叹息道:"再也不能临阵讨贼了!悠悠苍天,为什么要让我在这时候走到人生的尽头啊?"

返回帐中,诸葛亮的病情又加重了,连说话都很费劲。

等他再次从昏迷中醒来,才发现尚书李福又出现在他的榻前。诸葛亮虚弱地问:"你怎么又回来了?"

李福大哭着说:"我刚刚走得匆忙,差点耽误了大事!陛下让我来询问,丞相百年之后,谁能够担当大任?"

诸葛亮说:"我死之后,蒋琬能够担当大任。"

"蒋琬之后呢?"

"费祎可以继任。"

"那费祎之后呢?"

等了良久,也不闻诸葛亮的回答,李福上前细看,才发现诸葛亮已然去了。

建兴十二年(公元234年)八月二十三日,诸葛亮逝于五丈原,享年五十四岁。

趣味链接：「祈禳借寿」是怎么回事

在本回中，蜀汉丞相诸葛亮的寿数将尽，但他身负北伐使命还没有完成，不甘心就这么撒手人寰，于是想出了"祈禳借寿"的法子，不承想却被魏延闯入，导致仪式失败，看到这里小读者是不是很可惜？

其实呀，就算没有魏延的破坏，"祈禳借寿"也不会成功。禳，本质上是古代为消灾除病而举行的祭祀活动，是一种迷信。

古时候的人们，由于生产力发展水平较低，对世界的认知有限，缺乏自然科学常识，在遇到一些难以理解、难以解决的困难时，往往寄希望于"神"的力量。他们认为神灵和祖先能够感知一切，只要对其虔诚祝祷，他们就会帮忙解决困难，因此产生了祭祀神灵和祖先仪式。祈禳就是祭祀的一种。这在现代人看来自然是封建迷信，但在古代社会，却是一碗十分好用的"心灵鸡汤"。从民间到官府，甚至到朝廷，祈禳仪式都能起到安定人心、抚慰群情、重振士气的作用。

死诸葛吓走活仲达

——被死人算计的滋味

"今天已经是八月二十三了,诸葛亮还没死?"

诸葛亮弥留之际,在魏营的司马懿也心神不定,他索性披衣出帐去散步。

夜空中星辰闪烁,光芒万丈,仿佛长河倒挂,无限壮美。司马懿背着手仰望星空,饶有兴味,司马师和司马昭站在父亲背后,不知道他究竟看出了什么门道。

突然,东北方向有一颗巨大的星辰忽然红光乍现,犹如着火一般,透着恐怖和诡异的气息。就在司马氏父子三人目瞪口呆之际,那颗火红的大星从天空划过,坠落到蜀军营寨中。

刹那间,天昏地暗,飞沙走石,满天的星斗都被云雾遮住了。

司马懿又惊又喜,仰天大笑:"哈哈哈!诸葛亮死了,诸葛亮死了!"

司马师大叫:"父亲,我们马上进攻,打他们一个措手不及!"

"父亲,快看!这天象不太对,"司马师的声音响起,他指着那颗将星原本所在的方位,只见那将星又多次升起、坠落,忽明忽暗,"诸葛亮向来诡计多端,万一他是诈死呢?"

一股不祥的预感顿时袭上司马懿的心头。诈死这种事,太符合诸葛亮的行事风格了,谁敢说他不会诈死?司马懿想到这点,面沉如水,吩咐说:"让夏侯霸悄悄带几个人去五丈原打探一下消息……我们静观其变。"

可由于诸葛亮已经事先吩咐了秘不发丧，又封锁了消息，因而蜀军上下知道丞相已逝的只有少数人，众人一切如常。

司马懿摸不清底细，更不敢贸然行动了。

等他再次派出的哨探来到蜀军营帐探查消息时，才发现蜀军已经撤得干干净净了。

望着空荡荡的蜀军营寨，司马懿满肚子的邪火无处发泄，冲着空气狠狠挥舞了一顿鞭子，说："诸葛亮真死了！他真死了！不然蜀军不会撤！我错失良机啊！"

"他们应该还走不远，给我追！"司马懿眼珠子通红，仿佛被逼入绝境的困兽。这些日子以来，他忍受着诸葛亮的折辱和嘲笑，让手下的将士们误以为自己是胆小鬼，也坚持不出战，为的就是等一个痛歼蜀军的最佳时机。不承想，诸葛亮明明已经死了，蜀军居然丝毫不慌乱，还悄无声息地从他的眼皮子底下全军撤退了。

耻辱，巨大的耻辱！不追上去痛快厮杀一番，怎么能洗刷掉这些耻辱呢？

夏侯霸站出来劝阻说："都督不可亲自追击，万一又是诸葛亮的陷阱呢？不如先派副将领兵前去。"

"不！这次我要亲自去追！不把诸葛亮从灵柩里拉出来鞭尸，难解我心头之恨！"司马懿狠狠地咬着后槽牙说。

司马懿一马当先冲了出去，留下一句话："我先带人去追，你们尽快催兵跟上来。"

司马师和司马昭无奈，只得勉强按下心中的担心，留在后面催军。

五十六岁的司马懿如同突然焕发青春、精力旺盛的小伙子，不断地挥鞭，催马疾行。几个时辰后，遥遥望见了远处山脚下蜀军的身影，司马懿更加意气风发，扬鞭大叫："给我追！劫下诸葛亮的灵柩，重重有赏！"

即将追到近前时，远方山后面忽然传来三声炮响，吓得司马懿险些从马上跌落下来。与此同时，喊杀声大震，前方的蜀军全部掉头，击鼓摇旗，旗子上面写着：汉丞相武乡候诸葛亮。紧跟着，中军分开，十几员上将簇拥着一辆四轮车缓缓出现在阵前，车上端坐着的人纶巾羽扇、鹤氅皂绦，不是诸葛亮还能是谁？

"诸葛亮没死？"司马懿吓得魂飞魄散，"我又中计了！"

姜维横枪出阵，大叫道："司马懿，别来无恙啊！我家丞相在此等候多时了！"

"撤！快撤！"司马懿发出野兽般的嚎叫，紧急掉转马头，往回奔逃。

姜维还在后面肆意张扬地大喊："贼将不要逃啊！"

司马懿吓得魂飞魄散，逃跑得更快了。他手下的魏军将士们见状，也跟着仓皇逃窜，丢盔弃甲、抛戈撒戟，各自逃命，一时间，魏军自相践踏致死者不计其数。

司马懿一口气逃出了五十里，这才敢稍稍松口气，身后的两员副将追上来，帮司马懿拉住马嚼环，喊道："都督，歇一歇！蜀军已经距离我们很远了。"

司马懿骑在马上气喘如牛，他一手拍胸口，一手去摸自己的脑袋，边摸边问："我的头还在不在？"

副将马上应道："在的，在的。大都督不要怕。"

司马懿又喘息了好半天，神色才逐渐安定下来，当即带着手下一干人马回营休整，并派出探马继续打探情况。

几天后，探马回来禀报："报告大都督！诸葛亮已经死了，千真万确！"

"怎么回事？"司马懿立刻跪坐起身，追问道。

"蜀军撤退沿途的百姓奔走相告，说蜀军军中挂了白旗，哀声震天动地。"

"那前几天我看到的是？"

"是姜维领着的一千人马负责断后，车上的……是个木头人。"

"诸葛亮……真死了……"司马懿不敢置信地小声嘀咕，半晌才长叹一声，"活着的时候我斗不过他，他死后留下的计谋我还是不能识破……"

确定诸葛亮已死，司马懿当即率兵再次追赶，可一直追到赤岸坡，也不见蜀军的身

影,他只好对众将领说:"诸葛亮已死,蜀军不足为虑,我们班师回去吧。"

回去的路上,司马懿才有心思留意路上的细节,发现诸葛亮曾经安营下寨的地方,前后左右都严整有法,司马懿忍不住感叹道:"诸葛亮真是天下奇才啊!可惜了!"

司马昭悄悄问司马师:"大哥,父亲和诸葛亮不是死对头吗?我怎么听着父亲还有几分惋惜呢?"

司马师说:"大概是英雄惜英雄吧。"

实际上,被司马懿盛赞军容整齐、严整有法的蜀军,在诸葛亮去世后的第二天,已经有了隐隐骚动——有人坐不住了。

魏延自从误闯大帐,坏了诸葛亮的大事,心中又是惊惧又是疑惑,因为他实在搞不清诸葛亮究竟在谋划什么。

他派心腹去悄悄刺探,也一点消息都打听不到,姜维像个黑杀神似的死死守在帐外,他也见不着诸葛亮的面。

虽然诸葛亮一直不露面,但文书照常送进去批,命令照常下发出来,一切有条不紊。

魏延百思不得其解,直到这天晚上做了一个奇怪的梦。他梦见自己头上突然长出来两只角。醒来后十分不解,就找了一个懂《周易》的人帮自己解梦。

那人说:"这是大吉之兆啊!麒麟头上有角,苍龙头上也有角,它们都不是凡物,长角是变化腾飞的征兆啊。"

魏延心花怒放:"这难道是上天托梦给我的预告?该我魏延成事了?"

魏延越想越兴奋,情不自禁地来到诸葛亮的大帐前,正巧遇到尚书费祎从里面走出来。

"魏将军,丞相已经休息了,不便打扰。有什么事可以先跟我说。"费祎脸上挂着云淡风轻的笑容,看不出情绪。

魏延结结巴巴地说道:"我……也没什么事,我就是想……想探望一下丞相……他身体好些了吗?"

"好多了。"费祎依旧是那副表情。

"那就好……那我退下了。"魏延说着就准备回去。

费祎看着魏延离去的身影,忍不住眯起了眼睛。就在刚才,替魏延解梦的人着急忙慌地来找他,说了魏延的梦,还说:"我是骗他的,'角'字上面是刀,头上用刀,这能是什么好事呢?可我不敢告诉他。"费祎心中大骇,立刻想到了丞相临终前关于魏延的交代,当即来到丞相营帐前堵人,还真让丞相猜中了……

想到这里,费祎忍不住还想再试探一下魏延,他快走几步,喊道:"魏将军,借一步说话……"

二人一起来到魏延的营帐,屏退左右,费祎突然从袍袖中掏出兵符,说:"魏将军,实不相瞒,昨晚三更,丞相已经去世了。"

"什么?"魏延惊呼出声。

费祎赶忙示意他低声,说:"丞相临终前再三交代,秘不发丧,大军慢慢撤退。由将军断后,负责抵挡司马懿,现在兵符在这里,将军可以领命了。"说罢,费祎将兵符递给魏延。

魏延却不接兵符,而是追问道:"那如今,是谁在代丞相处理事务?"

费祎答道:"丞相临终前,把所有政务全部托付给了长史杨仪,用兵的秘法则传授给了姜维。这兵符就是杨仪的号令。"

一听杨仪这个名字,魏延禁不住心头火起。这个人总是阴阳怪气,和自己过不去,以后要都是他管事,还有自己的好果子吃吗?

想到这里,魏延怒道:"杨仪这家伙不过是个长史,凭什么能够担任如此重职?"

费祎依旧云淡风轻地笑着说:"丞相自然有他的考量,这个就不劳魏将军操心了,你还是赶快遵命出发吧！大军撤退刻不容缓。"

魏延面色铁青，说："丞相虽然亡故了，但我还在呢！北伐大事，岂能因为丞相一人之死而放弃呢？你们只管扶灵撤离，我要留下来大战司马懿，我要立功！"

费祎加重了语气道："魏将军，丞相智绝天下，自然知道如何行事对我军最为有利。你这样做，可是有违丞相遗令啊！"

魏延道："丞相刚愎自用，要是当初听了我的建议，早就把长安攻占下来了，哪还用像现在这样六出祁山无功而退？我现在官任前将军、征西大将军、南郑侯，断然不会为一个长史断后的！"

费祎强压心头怒火，依旧温和地笑着说："将军说的也有道理。以魏将军的才干，对付司马懿自然不在话下。这样吧，魏将军先在帐中等候，不要轻举妄动，我去劝劝杨仪，让他把兵权交出来。他一介书生，又不会领兵，手握兵权确实不合适。"

魏延喜上眉梢："对！那就有劳费尚书了。"

费祎稳住魏延后，快步来到大帐见杨仪，把用兵符试探魏延的经过都讲了一遍，又说："魏延已经有了异心，不如咱们赶紧扶灵撤离。"

杨仪叹了一口气，说："丞相早就料到了这种情况，临终前曾给我留下一个锦囊。你放心，我如今也安排下去，咱们陆续撤离，让姜维断后。"

当天夜里，杨仪就护送诸葛亮的灵柩悄悄撤离，大军也有条不紊地撤退，很快，偌大一个蜀营，就只剩下魏延这一支人马。

魏延在营帐中等待费祎的好消息，左等不来，右等也不来，派人去询问时，才发现费祎等人全都离开了，气得直跳脚："竖儒竟然敢骗我！我非杀了他不可！"

马岱上前道："将军，我也看杨仪那厮不顺眼，我来助你。"

魏延听了大喜，当下率领本部人马向南出发，从小路抢先一步抵达汉中，又放了把火，烧毁了祁山通往汉中的栈道，拦住杨仪等人进入汉中的通道。

然后,魏延又给后主刘禅写了一封奏章,声称丞相诸葛亮已经病逝五丈原,杨仪、费祎和姜维等人密谋造反,秘不发丧,想要将敌人引进来,自己不得已烧毁栈道,把守汉中,诛杀奸党叛徒,望陛下知晓。

前几日,李福才刚刚回到了成都,禀报了丞相去世的噩耗,交代了丞相的临终遗言。刘禅不等他说完就大哭着昏死过去,茶饭不思了好几天,还没从悲恸中走出来,就得到了杨仪谋反的奏报,当即惊恐得不知如何是好。

"相父!相父!我该怎么办?老天为什么要带你走?这是要亡我吗?"刘禅只会哀声痛哭。朝臣也跟着痛哭起来,不能自已。

蒋琬上前奏道:"陛下,不可听信魏延的一面之词,丞相在世时就说他脑后生有反骨,他所说的未必可信。咱们还是等杨长史他们回来再说吧。"

没多久,杨仪的急奏也送到了刘禅的面前,说魏延不遵丞相遗命,起兵造反。

刘禅目瞪口呆,问:"这……到底是谁造反了?"

蒋琬沉思片刻后,说:"陛下,杨仪一直为丞相办事,如今看来,丞相极有可能在临终之前将大事托付给他,他不可能是造反之人。反倒是魏延,平日就自恃功高,觉得人人都比不上他,眼下看杨仪统领兵权心中不服也有可能。"

"那要是魏延真的反了,该如何应对呢?"

"陛下宽心,丞相素来对魏延有防备,若是魏延真的造反了,丞相必定留有计策除去他。陛下不如耐心等上一些时日再看。"

搁下议论纷纷的蜀汉朝廷暂且不提,且说魏延抢道来到汉中,烧毁栈道后,在南谷屯兵,占据天时地利,只等杨仪等人到来,好一举歼灭。

谁知姜维听到栈道被烧毁的消息,并不惊慌,他早知魏延必反,早早探看过地形,知道附近槎山上有一条小路,尽管崎岖险峻,但是能够绕到南谷后面去。于是,一行人从这条小路翻到了魏延的后方。

担心再有什么闪失，杨仪便让何平带领三千士兵前去拦住魏延，自己和姜维等人护送诸葛亮的灵柩到汉中。

何平到了南谷之后，指着魏延大骂反贼，又指着他身后的将士们呵斥："丞相在世时对你们不薄，如今丞相尸骨未寒，你们却要帮助反贼为非作歹，你们对得起丞相吗？"

众人被他骂得抬不起头，不顾魏延的阻拦，纷纷倒戈。最后，魏延身边只剩下马岱率领的三百人。

魏延恨得咬牙切齿，却也没有一点办法，干脆和马岱商量起投靠魏国的事。

马岱生气地劝说道："将军怎么能说这种话？我看将军智勇双全，何不打回汉中去，随后攻下西川，称王称霸不好吗？为什么要去向他人卑躬屈膝呢？"

"你说得对，随我去攻打汉中！事成之后，定不相负！"魏延高兴地说。

于是，一行人准备先去攻下南郑，恰好在这里遇到了先一步进城的杨仪、姜维等人。

魏延嚣张地叫嚣着："杨仪、姜维，赶紧出来投降吧！"

姜维问杨仪："虽然他们人少，但魏延勇猛，马岱心细，不可硬拼，长史可有退敌的办法？"

杨仪说："丞相临终时曾留下一个锦囊，叮嘱说：一旦魏延造反，与他临阵对敌时再拆开锦囊，就有斩魏延的妙计了。"

姜维大喜，说："既然丞相如此交代，那我出城列阵，长史稍后拆开丞相的锦囊执行。"

说罢，一把抓住长枪，披挂上马，领着三千士兵出了城。姜维挺枪立马于门旗之下，高声喊道："魏延，丞相待你不薄，为什么要造反？"

魏延啐道："姜维，你就别来送死了，让杨仪那奸贼出来！"

杨仪此时正躲在门旗的影子下，他并不理会魏延的叫嚣，而是拆开了丞相给的锦囊，细看妙计。只看了一眼，他便喜不自胜，当即从容不迫地拍马来到阵前，说："杨仪在此，魏延，你有什么话要说？"

魏延不屑道："呸！你这个小人！整日就只会嚼舌根、搬弄是非，凭你也能接任诸葛亮做这统率三军、调兵遣将的活计？"

杨仪讥笑说："魏延，你心里就只有这些嚼舌根的浑话吗？真是枉称大丈夫！怪不得丞相总说你日后必反，让我早做准备，如今果然应了丞相的话啊！"

魏延气得肺都要炸了，哇哇大叫道："诸葛亮？要是他还活着，我尚且还需惧怕他三分，可惜他死了！哈哈哈！他死了！天下还有谁能和我相比？"

杨仪向魏延身后意味深长地扫了一眼，继续说："你总说自己是大丈夫、真英雄，我却不信。这样吧，你要是敢大喊三声'谁敢杀我'，我军中无人敢上前应声，我就信你。不仅如此，我还会心甘情愿地把汉中城池献给你。如何？"

魏延已经被气昏了脑袋，不假思索地道："这有何难？不要说三声，喊三十声我都不怕！"

说完，魏延就气沉丹田，使出吃奶的力气大吼："谁敢杀我？谁敢杀我？谁敢杀我？"

话音刚落，就听见身后有人厉声应道："我敢杀你！"

魏延心头暗叫不好，却已经来不及了，他只听脑后传来利刃的呼啸，随后，身子就从马上歪倒，重重地摔在地上。

挥刀者，正是站在魏延身后的马岱。

原来，马岱就是诸葛亮临终前秘密安插在魏延身边的间谍，而三声"谁敢杀我"，是诸葛亮与马岱约定好的暗号，只要魏延得意高喊，就可乘其不备立刻动手。

见魏延被斩杀，杨仪面露喜色，瞬间热泪涌上眼眶，他哽咽着说："总算不负丞相所托。"

马岱和姜维也都泣不成声。

众人护送诸葛亮的灵柩回到成都，刘禅领着文武百官披麻戴孝出城相迎。上至公卿

大夫，下及山林百姓，无论男女老幼，无不痛哭，哀声震天。

随后，诸葛亮被安葬在定军山，谥号忠武侯。

兵符

本回中，费祎去试探魏延是否会造反时，大家还记得他拿出了一件什么东西吗？对了，就是兵符。

兵符是什么呢？简单来说，就是古代军中用来传达命令和调兵遣将的凭证。费祎要交给魏延的，应该属于兵符中的令牌。令牌是军中最高长官交给下属的调兵凭证，证明下属执行的任务已经获得了最高长官的授权，也可证明令牌持有者的任务获得了长官的指令，作用与令旗相似。

除了军中通行的令牌，还有国君调遣大将用的虎符。

在读三国故事时，大家可能产生过这样的疑问：古代可没有电话，如果有人"假传圣旨"调兵遣将可怎么办呀？

别担心，古人聪明着呢。这不，从春秋战国时期，我们的老祖宗就发明了军事专用凭证——虎符。虎符一般是由金属制成，做成虎的形状，因而叫虎符。这只金属老虎呢，是由左右两半组成的，中间有榫卯结构，可以严丝合缝地合二为一。最神奇的是，虎符的原理就和钥匙配锁一样，每一对都是独一无二的，一地一符，绝不可能用一个兵符同时调动两个地方的军队。虎符的一半由国君掌管，另一半交给统兵将帅。需要调动军队时，必须国君派遣使者持虎符到将帅处，将两半虎符勘合验真，确定是一对，调令才可能生效。

为什么兵符要用老虎形象呢？大概是因为老虎象征着武力吧。实际上，在中国历史上也出现过其他动物造型的兵符，比如鱼、兔子、乌龟……但都不如虎符名气大。

司马懿装病诓曹爽

——司马家全员演技在线

因为成功抵御了蜀汉的进攻，且拖死了诸葛亮，魏主曹睿封司马懿为太尉，总督军马，安镇诸边。后来，辽东的公孙渊不满魏主给的封赏，起兵自立，曹睿当即命令司马懿兴师讨伐公孙渊，仅用了一年多的时间，就斩杀了公孙渊父子，彻底平定了辽东。

诸葛亮一死，司马懿的人生仿佛失去了意义，他常常感到寂寞，并因此迅速衰老下去。直到曹爽出现，才给司马懿又打了一针强心剂，让他的晚年焕发出别样的激情。

魏景初三年（公元239年）春，魏主曹睿身患重病，危在旦夕，但太子曹芳只有八岁。老狐狸司马懿把心里的算盘珠子拨拉了千百遍，却漏算了曹爽——曹真的长子。等曹睿不动声色地授予曹爽大将军职位时，司马懿眼底的阴鸷一闪而逝："这是冲着我来的啊！"

对曹爽，司马懿的印象很浅。那个体态肥胖、满脸横肉的左卫将军，一副酒囊饭袋的模样，毫无世家子弟的做派，更难说有其父亲的一二风范。这个人似乎话不多，眼皮总是耷拉着，一副睡不醒的样子。万万没想到，曹睿临终前竟然会将这样一个人抬到大将军的位子上来，和自己同为辅政大臣，平起平坐。

莫非是曹真阴魂不散？

听到曹睿病重急召时，司马懿立刻马不停蹄地直奔许昌。

曹睿抓住他的手伤感地说："朕生怕再也见不到太尉了。今天还能再见你一面，朕也就没有什么遗憾了。"

司马懿顿首启奏说："臣在途中听说陛下圣体欠安，恨不得生出翅膀，立即飞到陛下身边。今天能再见到陛下，是臣的幸运。"

曹睿将太子曹芳，大将军曹爽和侍中刘放、孙资等人都叫到榻前，拉着司马懿的手，说："昔日刘备在白帝城托孤诸葛亮，诸葛亮因此竭尽忠诚，至死方休。朕的小儿子曹芳今年才八岁，不能理政，如今朕就将他托付给太尉和宗兄，希望你们竭力相辅，不要辜负了朕的一番期望！"

司马懿和曹爽当即跪下接受任命。

曹睿看看曹爽，又看看司马懿，忽然眼中蓄泪，动情地说："朕自登基以来，太尉一直是朕的左膀右臂，为朕出谋划策、殚精竭虑，没有太尉，哪有朕的安乐日子？如今，朕……朕……"曹睿几度哽咽，话也说不下去了。

一旁的曹芳跪在榻前，他听不懂大人在说什么，只是觉得百无聊赖，忍不住慢慢爬到司马懿的身边，抱住司马懿的脖子不撒手。

在过去这些年里，司马懿经常进宫议事，遇到曹芳就逗弄一番，因而曹芳自小就特别喜欢他。当下，曹芳用手揪着他的胡子，悄声问："司马懿，你的胡子怎么都白了？我父皇的胡子还是黑的。"

司马懿满脸堆笑，用慈爱的目光注视着曹芳，那模样就仿佛是在凝视自己心爱的孙辈。曹睿都看在眼里，忍不住泪如雨下，说："太尉，看在幼子今日对你依恋至深的分上，朕死之后多多看顾他吧！"

司马懿听了这话，竟然有一丝感动，脱口而出："陛下，老臣一定尽心竭力，万死不辞。"

曹睿得到了他的回应，很快就昏昏沉沉的，说不出话来，只能用手指着年幼的曹芳，很快就咽气了，享年三十六岁。

很快，曹芳即位称帝，司马懿和曹爽辅政。

一开始，曹爽对司马懿十分恭敬，所有大事都要先报知司马懿知道。对司马懿所有的试探，他都不动声色，连司马懿都看不出他的城府。

"没想到他年纪不大，竟然这么沉得住气，曹家竟然还有这号人物！也怪我，自从志得意满后，就不把曹家人放在眼里，这才让曹爽冒出头来。"司马懿这样想着，便有些懊恼，后悔自己下手晚了。

"父亲，曹爽不过是个草包，真正厉害的是他的门客，"司马昭忍不住出声，"我听说他养了五百多个门客，其中有五个厉害的角色——何晏、邓飏、李胜、丁谧、毕轨——很得曹爽的信任。我曾见识过何晏的本事。他心思缜密、口舌爽利，是个很有野心的人。还有大司农桓范，颇有智谋，人称'智囊'，父亲不可不防啊。"

而何晏此时也正在劝说曹爽："主公怎么能将理政大权拱手让给司马懿呢？您的父亲先前与司马懿一起攻蜀时，不知道受了他多少气，还因此而死，难道您都忘记了吗？"

曹爽当即痛定思痛，和朝中交好的官员们商议后，想出了一个明升暗降的好法子。几天后上朝时，曹爽向曹芳奏了一本，以司马懿功高德劭为由，为司马懿请封太傅之位。

曹芳同意了，但是太傅的主要职责是教导皇帝，怎么能执掌兵权呢？于是，兵权尽数落入曹爽的手中。

司马懿对他的谋划了如指掌，但也不甚在意，被夺了兵权他就借口生病不再出门，两个儿子也都以侍疾为由辞去职务赋闲在家。

曹爽还以为自己大获全胜了，天天在家摆酒设宴，和自己的亲信们饮酒作乐。

"想当年，我父亲被司马懿这老贼所不容，气死在祁山战场上，到死都闭不上眼睛……今天，我总算报仇了！"曹爽心满意足，举杯痛饮，欢庆自己的胜利，"魏就只能有我一个大将军！"

"对！没错！"

"司马老贼忒坏！土埋到眉毛了，还把着兵权不撒手，难道还想带到棺材里去？"

"恭贺大将军扳倒劲敌！"

曹爽一连干了三大杯，满脸通红，语无伦次道："你……你们猜！司马懿这老家伙……现在在干……干什么呢？"

曹爽的心腹李胜笑道："我听说老贼被气病了，八成还吐了血。我看呀，他是活不过今年中秋节了！"

曹爽冲地上啐一口，骂道："老贼早该死了！"

何晏温和一笑，对曹爽说："司马师兄弟虽然赋闲在家，但也不能放松了对他们的提防。特别是那个司马昭，他的眼睛十分让人讨厌，总是一副居心叵测的模样。"

曹爽不以为意，大笑道："司马懿都靠边站了，司马师和司马昭又能掀起多大的水花呢？"

"大将军说得对！"一群文臣武将众星捧月般围着曹爽，连连敬酒。后来他们又趁醉出城田猎，兴尽而归。

自此曹爽愈发膨胀，将自己的府邸修造得宛若一座小型皇宫，使用的饮食、器具、车马、衣服与皇帝无异，各处进贡的奇珍异宝，也由他先挑选最好的留下，剩下的再送进宫中。

闲暇之余，他除了饮酒作乐，还喜欢带着自己的几个心腹出门打猎。他的弟弟曹羲曾劝谏说："哥哥的权势太高，如今还是少出外狩猎吧，一旦遭人暗算，后悔也来不及了。"

曹爽不以为意，呵斥道："兵权都在我手中，有什么可担心的呢？"

然而，曹爽把持大权、飞扬跋扈、气焰嚣张的做派，让何晏隐隐有些不安。他总觉得司马懿这老狐狸不会就这样甘心认栽，眼下虽然风平浪静，可空气中似乎酝酿着一场巨大的风暴。

这天，李胜被任命为刺史，要到荆州上任，来向曹爽辞行，何晏趁机提议："怎么说司马懿也是前任大都督，他多年南征，经验丰富，你临行前最好去探望一下他，顺便打探一下……"

李胜促狭地接话道："他死透了没有？"

众人哄堂大笑。

司马懿听说李胜来探病，自然知道是曹爽、何晏授意的，于是他马上去庖屋，从灶下摸了一把锅底灰，轻轻涂在自己的眼皮上，而后扯散发髻，脱掉外袍，倒在榻上拥被而坐。想了想，他又叫来两个婢女扶着自己，装成连坐起都勉强的样子。

李胜一见司马懿这副模样，吓了一跳，才几个月不见，司马懿已经变得如此虚弱——眼下一团乌青，目光涣散，连坐起都困难，仿佛一个濒死之人。

"太傅，您这是……"

"咳咳咳……你是谁呀？"司马懿开口先是一阵咳嗽，说话含含糊糊，就像舌头打结了一样。

"下官是李胜，陛下任命我为荆州刺史，马上就要去上任了，特来向您辞行。"

"并州啊，离朔方近，你要好好防备胡人。"司马懿说。

"太傅，是荆州，不是并州。"

"你是从并州来的？"司马懿笑着问，侧着耳朵使劲向外歪着身子，做出努力倾听的样子。

"荆州，下官是要到荆州去。"李胜忍不住放大声音强调。

"哦，老夫听明白了，你是从荆州来的。"司马懿大笑着说。

李胜被司马懿的一脸笑意看得心里直发毛，问跟在他身后进来的司马师："太傅怎么病成这个样子了？"

司马师叹了一口气，说："李刺史，家父近来耳背得厉害，脑子也一阵糊涂一阵明白，唉……"那担忧的模样，做足了司马懿病入膏肓、命不久矣的姿态。

"他们父子是不是在演戏？"李胜心头顿生狐疑，他偷偷用目光打量了一下司马懿，而后对侍从说："给我取一下纸笔。"

侍从取来纸笔，李胜就将自己即将出任荆州刺史的事写在纸上，递给司马懿看。

司马懿接过纸，眯着眼睛看了良久，根本不往荆州这个话题上继续，完全不像看懂了的样子，他说："我这一病，眼睛、耳朵都不好使了。你多多保重吧。"

说完，使劲用手指了指自己的嘴巴。

司马师见状，立刻对李胜赔罪道："李刺史见谅，到父亲的进食时间了。"说完一摆手，立刻有人把一碗炖得烂烂的汤羹端上来，婢女接过来喂给司马懿。

可这碗汤羹司马懿吃进去的极少，大部分都顺着他歪斜的嘴角淌到了胸前的衣服、被子上。

司马懿也不再喝了，哀哀切切地哭："我现在又老又病，怕是活不了多久了。你要是见到大将军，还请大将军帮忙多多照顾我这两个不成器的儿子！"

司马懿哭得无比伤心，以至于最后气喘如牛，胸膛里冲出的剧烈咳嗽声比擂鼓的声音还大。司马师急忙上前拍抚。司马昭则是眼圈一红，泪水夺眶而出，他用手背抹了一把，哑声对李胜说："李刺史，家父病重，无暇招待，还请见谅，您请回吧！"

李胜几乎逃命般地飞快离开了，见了曹爽便喜笑颜开："司马懿活不长了，现在也就比死人多一口气罢了！"

曹爽不禁面露喜色，何晏却将信将疑，仔细询问了司马懿说什么话、吃什么东西、司马师和司马昭如何伺候……李胜一一细说。

曹爽更加高兴了，说："要是这个老家伙死了，我也就没什么可担心的了！"

再说司马懿，父子合伙演戏骗过李胜后，一丝奸笑不禁浮现在这个老奸巨猾的太傅

的嘴角。他立刻起身,背着手在廊下踱步,脑子里一刻不停地盘算着下一步的行动。

几个月之后,曹爽请魏主曹芳到郊外去拜谒高平陵,祭拜先帝。曹氏宗亲和一干心腹大臣全都随驾出城。这正是司马懿一直等待的良机,他迅速集结人马,先派亲信司徒高柔以假节钺行大将军事,控制住曹爽的军营。而后入宫面见郭太后,骗取太后敕令,命令曹爽束手就擒。最后,司马懿带人出城,屯兵在进城的浮桥处。

话说曹爽祭祀之后,又动了田猎之心,正在野外射鹿烤肉,不承想桓范快马奔来,带来城中兵变的消息,曹爽吓得险些摔下马来。

"怎么回事?司马懿不是快死了吗?"

"司马懿先前应该是诈病,他如今把守住回城的各处路口,都城暂时是回不去了,"桓范擦一把额头的汗珠,"将军何不去请天子移驾许都,再调集外兵讨伐司马懿呢?"

曹爽犹豫不决,说:"我的家人还全都在城里,我怎么能抛下他们,独自到别的地方去求援呢?"

"将军快点走吧,再晚就来不及了!"桓范催促道。

曹爽迟疑道:"你不要催我,让我好好想一想。"

正说话间,司马懿派来的使者——侍中许允、尚书陈泰到了,他们自然是来劝降的。陈泰打了三句哈哈便直奔主题,说:"太傅此举不过是不满大将军大权独揽,想要削弱大将军手中的兵权,自保而已,没有要鱼死网破的意思。大将军是皇室宗亲,只要放弃兵权,就还可以回城继续做您的富家翁。"

曹爽有点心动,桓范劝阻道:"这是司马懿骗您束手就擒的谎话罢了,您放弃兵权就是死路一条,千万不要听信他的鬼话而将自己陷于死地啊!"

陈泰却笑吟吟地说:"大将军,想必眼下的形势您很清楚,负隅顽抗是没有用的。况且您的家小都在城内,您能忍心弃他们于不顾吗?何去何从,还请您早作定夺。"

曹爽嗟叹寻思了一整晚,无数的念头在脑海里如沸水翻腾,他的弟弟曹羲劝说道:

"司马懿谲诈无比，就连诸葛亮都斗不过他，更何况是你我兄弟呢？不如趁早投降，还能求他饶过咱们一命。"

天亮时，曹爽终于下定决心投降。

桓范听说后，生气地质问："主公，您怎么能就这么投降了呢？"

曹爽把手中的宝剑扔到地上，叹了口气说："我斗不过司马懿，不投降还能怎么办？不当官也没有什么大不了的，我只要做一个富家翁就足够了。"

失望至极的桓范长长叹了一口气，眼中泪水再也忍不住，气愤道："曹真大都督若是在天有灵，怕也要羞愤而死啊！"

何晏也流下眼泪，扯住曹爽的袖子说："主公三思啊，怕就怕司马懿言而无信，您一进城就身首异处啊！"

"怎么会呢？大将军放心，太傅一定不会失信于您的。"得到消息的许允、陈泰二人一边说着，一边进入大帐，用言语给曹爽定心丸。

曹爽于是铁了心投降。

许允说："大将军既然已经决定放弃兵权，就请将您的印绶交出来，以示诚意。"

曹爽没有异议，当即叫人去取印绶，主簿杨综紧紧抓住印绶不撒手，哭着说："主公交出印绶，和捆着自己去送死有什么区别？"

曹爽心头混乱，不能言语。

等许允、陈泰二人带着将军印绶离开后，曹爽帐下的众军士全都离开了，只有几名幕僚还不离不弃，跟着曹爽一起来到城外浮桥边。

司马懿下令，让曹爽兄弟三人回到自己家中闭门不出，剩下的人全都关进监狱中等候敕旨。

很快，曹爽等曹家子嗣就被司马懿找了个理由抄家、处死、夷三族，桓范、何晏等一干幕僚也都被处死，罪名是污蔑太傅司马懿谋反。

趣味链接：司马懿装病

在本回中，大家一定对司马懿装病的本事佩服不已，他装病骗过曹爽的耳目，让曹爽放松警惕，最终一举逆转败势，除掉了这个对手。

你知道吗？这不是司马懿第一次装病，他的演技在年轻的时候就很精湛了。

那时候，司马懿才二十多岁，因为聪明博学，小有名气。曹操听说司马懿有点本事，就想征召他到自己的手底下做官。不过，当时的"官二代"司马懿颇有点清高，认为曹操的名声不好，瞧不上曹操，就假装自己有风痹病，严重到不能行走的地步，拒绝了曹操的征召。

曹操自己就是个演技了得的高手，还没成年就靠装病坑了自己的亲叔叔一把，对司马懿的这点小伎俩，他起初是不相信的。但他多次派人去司马懿家里刺探，司马懿都躺在榻上一动不动，曹操这才放过了他。

司马懿这风痹病一装就是七年，直到曹操当了丞相，再度派人去征召，并放出狠话说："你要是再推托，就把你逮捕起来。"司马懿"装病"的这场戏才算演完。

司马师虎口夺权

——曹魏王朝之权力的游戏

除掉曹爽之后，曹魏的军政大权几乎全都落入司马懿的手中，魏少帝曹芳见识过他的雷霆手段，也不敢与他作对，只得不断地拉拢。

很快，曹芳就任命司马懿为丞相，加九锡。司马懿假意推辞了几次，最后在曹芳的"强硬要求"下接受了。不仅如此，司马懿的儿子司马师和司马昭也被曹芳许以高官，父子三人一同入朝理事。

站到如此权力巅峰，司马懿的心还没有彻底放松，因为朝中的夏侯家势力还在。曹操原本姓夏侯，与夏侯惇、夏侯渊是堂兄弟。只因他的父亲过继给了宦官曹腾，所以曹操跟着改了姓。这在整个天下已经是尽人皆知的事了。

"虽然曹爽全家都被诛杀，但还有夏侯玄镇守在雍州等地，手握重兵，他是曹爽的亲戚，要是他发动叛乱，我该如何提防呢？"

司马懿想了很久，派使者前往雍州召夏侯玄入朝议事，打算等夏侯玄到京城后兵不血刃地除掉他。夏侯玄的叔叔夏侯霸提前嗅到了危险的气息，劝说夏侯玄起兵自立，夏侯玄不听，夏侯霸便率领本部三千人马率先起兵反了。

司马懿派郭淮去镇压，没有镇住，眼睁睁地看着夏侯霸率兵到汉中归降了后主刘禅。

得知夏侯霸逃脱的消息，司马懿长吁短叹："只可惜，没有一网打尽……"

司马师安慰说："父亲担忧什么呢？谅他也掀不起什么风浪来。再说，夏侯玄还在我们手上呢。"

姜维忽见夏侯霸来降，起初不敢信，后来得知司马懿为独揽大权排除异己、诛杀曹氏宗族、清算夏侯党羽后，便深信不疑，又向夏侯霸打听了许多魏朝中的动向。

夏侯霸道："司马懿老贼忙着夺权，暂时不会向外出战，可是司马师与司马昭狼子野心，未必没有南下的打算。"

姜维又问："魏朝武将里可有出色的后辈？"

夏侯霸几乎是毫不犹豫地回答："钟会和邓艾，这两个人年轻气盛，智谋过人，他日定会居武将之首。"

姜维还以为夏侯霸是在夸大其词，当即笑着说："两个黄毛小子罢了，不足为惧。"

说罢，领着夏侯霸到成都去见刘禅，商量北伐之事。

尚书令费祎进言说："最近蒋琬、董允相继去世，处理政事本就人手不够。你应该再等等，不应该轻举妄动。"

姜维说："人生就像白驹过隙，再这样拖延下去，什么时候才能收复中原呢？我已经说服了生活在陇上的羌人一起出兵曹魏，就算不能收服中原，也可占据一大片的土地，何乐而不为呢？"

于是，姜维得到了刘禅的许可，和夏侯霸一同前往汉中，筹备出兵之事。

他先派蜀将句安、李歆带领一万五千蜀兵，前往麴山建起两座城池，不承想雍州刺史郭淮直接围住城池，让蜀军断水断粮，李歆拼尽全力才突围出城求救。

姜维本想直奔牛头山，攻占雍州后方，迫使郭淮撤兵回援，不承想郭淮早有准备。不等姜维到牛头山就遇到了陈泰带领的魏军拦路，两人在牛头山你来我往交战了好几天都不分胜负。就在姜维猜想陈泰有什么阴谋的时候，后方传来了粮道被郭淮率领人马截断的消息。

姜维无奈，只好让夏侯霸领着大军先行撤退，自己独自把守五路总口，拦住魏军。

姜维且战且退，刚退到洮水，就遇到了赶来拦截的郭淮大军。姜维拼死杀出重围，身边的人马大半战死。

正奔逃间，姜维又遇上拦截的司马师大军。原来，姜维攻打雍州的时候，郭淮便将这个情况报告给朝廷，司马懿和魏主曹芳商议后，派司马懿的长子司马师率军五万到雍州助战。司马师一直追着姜维来到阳平关，却被提前埋伏在路边的蜀军连弩吓退。那连弩之法正是诸葛亮去世前留下的，一弩连发十支箭，蜀军还在箭上涂了毒，魏军一时间死伤无数，司马师只得仓皇撤退，捡回一条性命。

退回阳平关的姜维，细数了一下此战损失的人马，发现竟然过万，当即不敢再战，领兵回了汉中，第一次北伐就这样仓皇结束了。

司马师回到洛阳后，才得知父亲司马懿病重的消息。

司马懿临终前，将两个儿子叫到榻前，他一手抓住司马师，一手抓住司马昭，叮嘱道："为父时日不多了，有几句肺腑之言要交代你们一下。我为官多年，官至太傅，已经做到了为人臣子的顶端了。朝中常有人怀疑我有异心，要篡权自立，想除去我的不在少数……咳咳……"

一阵剧烈的咳嗽打断了司马懿的话，他气喘如牛，浑身抖动如枯叶，两个儿子急忙上前抚胸拍背，好半天才让老父亲缓过来。

司马懿长长地吐出一口浊气，继续说："我死了之后，你们二人要好好辅佐陛下处理国政，一定要谨慎！一定要谨慎……"

话音刚落便去世了。

魏主曹芳听说后，下旨厚葬司马懿，并将他的长子司马师封为大将军，次子司马昭封为骠骑上将军。

曹魏朝廷因为司马懿的去世，局面有了小小的波动。而此时的东吴也即将开始一场长达几年的政治风波。

吴主孙权，那个年少就接管江东的碧眼少年，在七十一岁走完了自己一生的路，由他的第三个儿子孙亮继承帝位。

当时的孙亮年仅十岁，由太傅诸葛恪临危受命，辅佐幼主处理政事。

诸葛恪正是诸葛瑾的儿子，诸葛亮的侄子。

司马师见孙权病逝，东吴处于国君交替之际，认为有机可乘，于是任命弟弟司马昭为大都督，领兵征讨东吴。

之后，曹魏和东吴之间有过好几场军事较量，双方各有胜负。

诸葛恪与司马师作战时，曾给在成都的姜维发去书信，希望蜀汉能出兵一同伐魏。姜维收到书信后，入朝奏明刘禅，点齐二十万大军北伐。

可惜的是，诸葛恪没死在战场上，却死在了自己人手里。尽管孙权临死前一再叮嘱孙亮，要重用太傅诸葛恪，但孙权去世仅一年，孙亮就联合托孤大臣孙峻一起除掉了诸葛恪。

而姜维这边，出发伐魏的同时，还派人去给羌王送了重礼，请他率领大军前来助战。

司马师听说姜维来犯后，派出弟弟司马昭为大都督，辅国将军徐质为先锋，前去迎战。

姜维用计杀了徐质后，让人换上魏军的衣甲马匹，打着徐质的旗号潜入魏军大营，杀了司马昭一个措手不及。司马昭无路可逃，被逼上铁笼山。

姜维见状，直接命人堵死下山的路口，坐等司马昭困死在铁笼山上。

原来，这铁笼山周围全是悬崖峭壁，只有一条路可下山。山上只有一眼泉水，仅够百人饮用。司马昭带上山的人马有六千多，根本就不够分，很快就会自己乱起来。

山上的司马昭看着将士们每天都要忍受饥渴的煎熬，忍不住仰天长叹，还以为自己

就要死在这里了。

不承想，主簿王韬给他出了一个好主意："从前耿恭被围困时，拜井得到甘泉。将军不如也效仿一下？"

司马昭听从了王韬的建议，来到山顶泉边虔诚祝祷，泉水竟然真的汩汩涌出，取之不竭，让大家不再缺水。

而郭淮听到司马昭被困的消息后，也火速策反了姜维阵营中的羌王，混在羌王的队伍中杀了姜维一个措手不及。姜维用诸葛连弩射死了郭淮，而后与夏侯霸一起撤回了汉中。

姜维的第二次北伐尽管最后失败了，但他杀死了徐质，射死了郭淮，还将司马昭困在铁笼山多日，严重挫败了魏国的士气，也是功过相抵了。

一下子丢了这么大脸，司马昭悻悻地回到了许都，见了司马师也不为自己辩驳。

司马师拍拍弟弟的肩膀，说："胜败乃兵家常事，你不必放在心上，以后再找机会报仇雪恨。父亲在世的时候常说，蜀地唯一的希望就是诸葛亮。那个姜维，不足为惧。"

司马昭有些感动地点头，一脸孺慕地看着兄长。突然，他发现兄长总是会不自觉地挠挠左眼下的肉瘤，那颗肉瘤似乎又长大了一些，便有些担忧地问："大哥，你眼睛下面那东西不能治吗？"

"没什么，一个小肉瘤而已，不碍事。"司马师也不记得这块东西是什么时候长出来的，好像从小就有，黢黑一块，上面还生了数十根毛发，细看起来十分骇人。

司马昭说："我听说曾经有个叫华佗的神医，能治各种疑难杂症，如果他还活着就好了。"

司马师大笑，说："你还记得这些陈芝麻烂谷子的往事呢，他早被曹操害死多少年了！"

司马昭不放心地说:"大哥,还是请个名医来看看吧,总拖着也不是个事。"

"眼下让我忧心的事太多了,还轮不到这件……"司马师凑到司马昭耳边,低声道,"咱们的陛下最近很不老实呢,经常召见夏侯玄、李丰、张缉三人进宫,一待就是半天,十有八九是在密谋如何害我们兄弟俩……"

司马师猜得不错,魏主曹芳确实是在密谋如何扳倒司马氏兄弟。他们兄弟俩把持朝政,飞扬跋扈,那司马师居然还敢带剑上殿,曹芳早就忍无可忍了。可是满朝文武不是司马家族的心腹,就是畏惧司马师权势之辈,没有一个敢替自己出头的!

曹芳筹划了好些日子,才在岳父张缉的周旋下,联络上太常夏侯玄和中书令李丰。

这天,曹芳一下朝就在密室里召见了三人,哭诉道:"司马师和司马昭狼狈为奸,欺君罔上,他们……他们甚至敢带剑上朝!根本不把我当回事,这天下早晚会落到他们手中……"

李丰连忙跪倒在曹芳面前,说:"陛下不要担心,臣愿意替陛下聚四方之英杰,剿灭乱臣贼子!"

夏侯玄也说:"我的叔叔夏侯霸就是因为受到司马氏的迫害,这才归降了刘禅。只要能够除掉司马氏,叔叔也一定会回来。我夏侯一族与陛下同气连枝,对朝廷忠心耿耿,愿意为陛下讨伐逆贼。"

曹芳十分感动,但随即担心地说:"只有你们,恐怕还是做不到啊!"

张缉开口道:"不知陛下可否知晓衣带诏……"

曹芳听了,立刻从内衣上撕下一块白布,咬破自己的指尖,用鲜血写下一封讨伐逆贼的诏书,红着眼交到张缉手中,叮嘱说:"我的先祖武皇帝诛杀董承,就是因为他保密工作做得不好。你们一定要小心谨慎,千万不要泄露了啊。"

三位臣子齐声道:"臣一定不负陛下所托。"

可他们带着血诏,连宫门都没走出去,就被司马师拦了下来:"你们三人为什么这么晚才离宫？是在密谋如何杀我吗？"

"没有这样的事。"三人连忙说。

"那为何你们眼睛通红，还有泪光？"司马师厉声问。

李丰和张缉还想用谎话遮过去，司马师却瞪着他们呵斥道："事到如今，你们还想怎么狡辩？"

夏侯玄看着司马师身后手握武器的几百将士，心知今天是躲不过去了，当即怒骂司马师乱臣贼子。司马师大怒，命武士上前抓住夏侯玄等三人，从他们身上搜出了曹芳的血诏。

司马师看了，冷笑道："果然是在密谋如何害我们兄弟！不杀你们情理难容！"

说着，就命武士把三人拉到东市，处以腰斩之刑。

处置完这三人，司马师带着血诏去了内宫找曹芳。一见到曹芳，就将血诏扔到他的脚边，拔出佩剑指着曹芳逼问："我父亲拥立陛下为君，功德不比周公低；我侍奉陛下，和伊尹也没有差别。陛下为何要恩将仇报，谋害我们兄弟呢？"

曹芳一看见血诏，吓得魂飞魄散，战战兢兢地否认说："朕……朕……没有……都是别人逼迫朕写的……朕怎么会有这样的想法呢……"

司马师轻蔑地瞥了一眼曹芳，厉声问："随意污蔑大臣造反，应该判处什么罪呢？"

曹芳泪流满面，跪地求饶，他知道司马氏能把自己架到皇帝的宝座上，也能轻而易举地把自己推下去。

果然，司马师下手很快，他砍瓜切菜一般清算了夏侯玄、李丰和张缉的党羽，还逼死了张缉的女儿张皇后。

第二天，又召集群臣，以曹芳无道为由，废黜曹芳的帝位，轰出京城，另选了一个叫曹髦的曹姓宗亲立为新君，改年号为正元元年。

司马师废君另立、独断专权的做法，引起了一些人的不满。

镇东将军毌丘俭和扬州刺史文钦率先在淮南发动兵变，讨伐司马师。他们谎称有太后的密诏，引得淮南大小官兵纷纷响应，聚集了六万多人。

司马师闻讯，当即决定亲自率兵前去平乱，将司马昭留在京师坐镇。

临行前，司马昭担心地说："大哥，你脸上的肉瘤刚刚割去，不宜长途跋涉，不然还是让我去吧？"

"你不必担心，我戎马半生，这点小伤算得了什么呢？"司马师笑着说，"淮楚兵强，军势锐利，不亲自前去，我总是不能安心。"

司马师出征半个月之后，司马昭突然做了一个梦，梦见哥哥眼睛下方的肿瘤裂开，流了好多血。司马昭大叫着从梦中惊醒，急忙命人掌灯，自己快步来到案几前给兄长司马师写信，提醒他务必要多加小心。

然而，远在项城前线的司马师还没有收到弟弟的这封信，就身陷危险之中。

原来，毌丘俭帐下有一位少年英雄，名叫文鸯，是名将文钦的儿子。他的潇洒勇猛、胆大心细，不亚于当年单骑救主的赵子龙。他趁着司马师营寨未建成之时，只领着两千五百名骑兵，于暗夜偷袭魏军大营，长枪所到之处，魏军人仰马翻，望风而逃。

没有人永远十八岁，可总有人正在十八岁。那晚，十八岁的文鸯再现了多年前赵子龙在长坂坡七进七出的奇迹，直杀得魏军叫苦连天。

文鸯刚杀到营寨附近时，司马师就已经得到了消息。可他不能出帐迎敌，因为他眼下肉瘤割去后的疮口今晚突然疼痛不止。听到帐外喊杀声的一刹那，司马师有些震惊，导致疮口一下子迸裂开来，血流满面，连眼珠子都从疮口处掉落出来。

"啊！"司马师痛不可忍，大叫出声。

帐外立刻有人询问："大将军，您有事吗？"

"无事！你们专心退敌！"这时候，哪能乱了军心呢？要说司马师真是个硬汉，他毫不犹豫地把眼珠塞入眼眶，而后单手放下床帐，自己迅速躺入被褥中，牙关紧紧咬住被头,强忍剜心般的剧痛。顷刻之间,汗水就把衣裳和被褥都打湿了,被头也被他咬烂了,可他竟然就这样强忍着一声不吭。

不断有探马进来报告战况,司马师手掐着大腿,尽量让声音不颤抖,说:

"命邓艾正面迎敌,先取敌方大将!"

"其余人四面包抄。"

一个个命令就这样传出去,司马师始终不露面。

"报告,敌军被邓艾将军杀退了!"

"报告,敌将逃跑了!"

"报告,邓艾将军追击敌将去了!"

随着这一声声报告,司马师总算放下心来,他脱力地躺回榻上,任由剧痛来回剜割着眼眶。

却说文鸯在魏军包围圈内左冲右突,无人敢当,直到邓艾的到来才遏制住他嚣张的气焰。文鸯见无法接近司马师的大帐,与自己约定好左右包抄的父亲又迟迟不到,只得且战且退。邓艾不死心,一直跟踪追击,有好几次眼看就要追上了,又被文鸯以钢鞭杀退。

邓艾不由感慨:"这使钢鞭的少年英雄真厉害啊!"

战到后来,文鸯身边的将士纷纷倒下,仅剩他一人孤军奋战,可他仍然敢径直冲进魏将丛中,挥动钢鞭,将一众魏将鞭打落马。

"这人居然敢对我们这么多人下手!今日不能放他走!"其中一个魏将大喝一声,继续追赶。

"无能鼠辈,既然你们不爱惜自己的性命,那就怪不得我了!"文鸯说完,提鞭拨马又杀进魏将丛中,用钢鞭打死好几个人,直至无人再敢追来。

而与文鸯约定好一起夜袭的文钦,因为山路崎岖,在山谷中迷了路,等他终于赶到时，天都亮了，儿子文鸯的人马早已不知去向。眼看着魏军大部队前来围剿，他也不敢多留，连忙率军向寿春方向逃去。

逃到半路上，突然听见身后传来一个声音："文刺史，请留步！旧友尹大目有话要说！"

追击的魏军见来人是司马师麾下的尹大目，全都放缓了攻势。尹大目摘下头盔放到鞍鞯前，先是说了一番劝降的话，而后双目灼灼地盯着文钦，道："你们父子着什么急？就不能再等几天吗？"

"再等几天"这四个字，尹大目故意加大了音量。

原来，尹大目早已发现了司马师的眼伤过重，猜到他没有几天好活了，特意以"劝降"之名前来提醒文钦。

可惜文钦根本没有听出这层意思，只当他是来嘲笑自己不能得手的，气得破口大骂，边骂边摸出弓箭，冲尹大目放了一箭。

尹大目虽未中箭，却也被文钦骂得流泪不止，只得无奈回去了。

很快，毌丘俭的叛乱宣告失败，狼狈退走，死在路上。而文钦则带着儿子文鸯投奔了东吴。

魏军大获全胜，但司马师却病重到卧床不起。他强撑着把诸葛诞叫来，封他为镇东大将军，命他统率扬州诸路的兵马，这才放心返回京师。

班师途中，病入膏肓的司马师只要一闭上眼睛就会出现幻觉，见到夏侯玄、李丰、张缉等人站在榻前，指着他呵斥乱骂，把他吓出一身的冷汗。

司马师心神恍惚，猜到自己可能活不久了，当即派人到洛阳将司马昭叫来。

几天之后，司马昭来到司马师的面前，望着被顽疾折磨得形销骨立的兄长，热泪不由得夺眶而出："大哥！"

司马师发出惨笑："我大权在握，多少人日夜盼着我死。如今我就要让他们如愿了……可你要记住，你接替我的责任之后，大事千万不能轻易托付给别人，以免招来灭门之祸！"

司马昭在哥哥交代后事一般的话语中号啕大哭。在他的哭声中，司马师缓缓闭上了双眼……

趣味走取链接

蜀汉四英

读到本回的同学们有没有注意到几个人——费祎、蒋琬、董允，他们都是蜀汉的栋梁之臣。在《三国演义》中，描写他们的笔墨不多，诸葛亮去世之后，刘禅依照诸葛亮遗言，加蒋琬为丞相、大将军，录尚书事；加费祎为尚书令，同理丞相事。侍中董允是《出师表》中也曾提及的志虑忠纯之人，担任费祎的副手，时常规劝刘禅，对进谗言的黄皓恨到咬牙切齿。

实际上，诸葛亮去世之后，蜀汉不再设有"丞相"之职，他的继任者蒋琬被任命为尚书令，不久后再升为大将军、录尚书事，总揽蜀汉军政大权。蒋琬病重时，举荐费祎迁任大将军并录尚书事，代理军国大事。董允以侍中的身份兼尚书令一职，成为大将军费祎的助手。

蒋琬、费祎虽无宰相之职，却行丞相之事，艰难支撑蜀汉朝廷长达三十年，蜀地百姓将诸葛亮、蒋琬、费祎、董允合称为"四相"或"四英"。（出自《华阳国志》："时蜀人以诸葛亮、蒋琬、费祎及允为四相，一号四英也。"）

姜伯约智斗邓艾

—— 姜维一生的劲敌

自从诸葛亮死后，姜维便继承他的遗志，积极准备北伐。他用自己的青春与智慧，多次北伐中原，扶持着摇摇欲坠的大汉国。只可惜，多次征战，却只有小赢，没有大胜。

在他后半生遇到的所有对手中，邓艾是最让他头疼的劲敌，没有之一。

司马师死后，曹魏大权尽数归于司马昭之手。相对于司马师的嚣张跋扈、凶残暴戾，朝臣们觉得司马昭好相处多了，除了司马氏家族基因中自带的勃勃野心，司马昭身上的细心、缜密、冷静、隐忍都让人刮目相看，特别是司马昭接过兄长的"接力棒"后，不动声色地稳住了试图北伐的东吴，又派邓艾接连击败姜维，人们都在心底呐喊："司马懿复活了。"

当司马师去世的消息传入成都，姜维立刻上奏刘禅："司马昭刚开始掌握重权，一定不敢擅自离开洛阳。我请求趁这个机会讨伐魏国，恢复中原。"

刘禅也觉得曹魏权臣更迭、朝局不稳，是北伐的良机，于是同意了姜维的北伐请求。

姜维果断率领五万大军，直奔枹罕，并在洮水岸边背水列阵。

魏将王经见姜维如此列阵，以为群起而攻之就能将姜维大军齐齐挤入河中淹死。不承想，蜀军背水一战，士气大盛，很快便反杀了魏军，取得大捷。王经仅带领一百多人

杀出重围，径直逃往狄道城。

劳军之后，姜维就想要攻打狄道城。

大将张翼劝道："将军，洮水一战已经大获全胜，令魏人肝胆破裂，咱们见好就收吧！"

姜维意气风发，根本听不进劝，大手一挥道："你不要扯后腿！如今狄道城唾手可得，怎可撤退？等司马昭得到喘息之机，我们的胜算就小了！"

张翼再三劝谏，姜维都不采纳，他只得和夏侯霸相顾无言，依令行事。

不承想这狄道城城池坚固，蜀军围困数日也没能攻克。姜维正郁闷时，忽然听见探马来报，说有两路人马正在朝狄道城方向杀来，领头的分别是邓艾和陈泰——魏军的援军到了。

夏侯霸一听邓艾来了，马上凑到姜维跟前，说："将军，邓艾就是我之前跟您说过的曹魏军中年轻一辈的厉害角色，他从小深谙兵法，善晓地理，如今已经做到了兖州刺史一职，是个不容小觑的劲敌啊！"

姜维听他又是老生常谈，并不放在心上，说："敌军长途奔袭而来，我们就迅速出击，杀他们一个措手不及！这样准能将他们打败！"

除了姜维，没有人同意这么做。但此时的姜维已然听不进任何建议，他留下张翼继续攻城，让夏侯霸率军迎战陈泰，自己亲自率军迎战邓艾。

可谁知姜维的大军刚行至狄道城附近的山下，就被埋伏已久的邓艾打了个措手不及。姜维一看，四周全是魏军的旗号，鼓角震地，火光冲天，心中暗道不妙，还以为是被魏军大军包围了，急忙传令让夏侯霸、张翼都放弃狄道城撤退回汉中。

等退进剑阁后，姜维才得知中计了——沿途那二十多处火鼓都是虚设的。

原来，这都是邓艾的妙计，提前调拨了一千多名军士，带着旌旗、鼓角、烽火等物品埋伏在狄道城东南的深谷之中，只等蜀军一到就鸣鼓吹角、举火放炮惊吓蜀军。

姜维后悔不迭，但良机已逝，只得暂时收兵退至钟提屯守。

邓艾不费吹灰之力就解了狄道城之围，受到魏主曹髦的嘉奖，一时间风光无二，也让姜维对他恨之入骨。

姜维在钟提大设筵宴，召集众将领，商量伐魏之事："我军虽然撤退，但不曾损折，现在要是出兵的话占尽优势。"而后详细列举了宜出兵的理由，众人不敢劝谏。

于是，没过多久，姜维就率领大军攻取陇西，开始了他的第四次北伐。

只是，刚到祁山附近，姜维就听到探马来报，说魏兵已经先一步在祁山立下九个大寨。姜维亲自潜伏到魏军大寨附近探查，只见祁山九寨势如长蛇，首尾相顾，这才忍不住叹了一口气，说："夏侯霸说的原来是真的。这几座大寨的形势绝妙，只有我师父能够布置出来，如今看来，邓艾排兵布阵的能力不在我师父之下啊。"

回到本寨后，姜维叫来众将领，吩咐说："魏人既然已经做好了准备，那肯定也猜到了我会来。既然如此，你们就打着我的旗号占据谷口下寨，每天轮流派哨兵出寨放哨，务必让邓艾以为我在这里。我要亲自率领人马去偷袭南安。"

而邓艾也不傻，看到蜀军依山谷下寨后，每天只是派哨兵出寨，并不着急攻打，便猜到了姜维的打算。邓艾当即提议由自己率领一路人马救援南安，留陈泰率军攻打蜀军的祁山大营，切断姜维退路。

不承想，邓艾都已经到南安附近的武城山下安营扎寨了，蜀兵还没有到。邓艾当即下令偃旗息鼓，做好埋伏，静候蜀军的到来。

姜维率领大军刚到武城山，就被以逸待劳的邓艾大军杀得阵脚大乱，连营寨都立不起来。和夏侯霸商议过后，想分兵先去夺下南安的屯粮之所上邽。不承想，姜维一行人刚走到段谷，就被提前埋伏在此的邓艾、师纂、邓忠三路夹攻，差点儿就要命丧于此。

幸好夏侯霸及时率军杀到，姜维这才得以脱险。

随后就传来祁山大寨被攻破的消息，姜维也不敢再去攻打上邽了，当即就要走偏僻

小路撤退回汉中。不承想这一步又被邓艾猜中,很快就和陈泰各带领一队人马将姜维困在垓心。荡寇将军张嶷听说姜维被困,带领几百骑兵杀进重围。姜维得以逃出重围,但张嶷却被魏兵乱箭射死。

南安这一战中,姜维的每一步几乎都被邓艾精准预判,接连不断的失败也浇灭了姜维心中的骄傲,让他的心里升起一种别样的情绪,莫非这个邓艾就是上天派来克制我的?

可没有那么多时间让姜维瞎想。这次兵出祁山,无功而返,还把好不容易得到的胜利果实全部葬送了,蜀军上下没有不埋怨姜维的。为了平息众怒,姜维当即效仿当初诸葛亮在街亭战败后的做法——自请降职,以作惩罚。

而一连串的失败,也让姜维认清了一个道理:"邓艾是个大麻烦,以后要加倍小心他。"

正当蜀地上下因为战败而士气低落时,曹魏的政权也经历了一次大冲击。镇东大将军诸葛诞因不满司马昭想要对曹魏取而代之,起兵造反了。

诸葛诞是诸葛亮的族弟,一直在曹魏朝廷做官,但因为与诸葛亮的关系,一直没有受到重用。直到诸葛亮去世后,诸葛诞因为与夏侯玄的关系,得以出任扬州刺史。司马师病危前,将他任命为镇东大将军,统率扬州诸路兵马。

司马昭权势日益壮大后,自封为天下兵马大都督,并萌生了篡逆的想法。司马昭的心腹贾充便开始为他四下暗访,有多少支持他这么做的人。

贾充来到淮南,想要游说诸葛诞,不承想,刚隐隐表露了意图,就被诸葛诞指着鼻子大骂:"你贾家世代领取魏国的俸禄,怎么能够胡说八道呢?"

司马昭得知了诸葛诞的态度,就想征召他到京师做司空,架空他手上的兵权。

诸葛诞大怒,当即起兵讨伐司马昭。为了能与司马昭的兵力抗衡,他还将自己的儿子诸葛靓送到东吴为质,换取东吴的出兵相助,一起出兵诛讨司马昭。

身为"天下兵马大都督"的司马昭当即率兵二十六万，亲征淮南，迅速打败了诸葛诞。

战败后的诸葛诞逃到了寿春城内，闭门不出，向东吴援军求救。司马昭便听从了钟会的建议，故意留出南门不围，将带兵来援助的全怿、全端、文钦等东吴将士都放入了寿春城。

而后，司马昭让人将寿春围得水泄不通，宛如一座死城。城中的诸葛诞忧心忡忡，却始终抱有一线希望——只要坚持到雨季，淮水泛滥，冲倒魏军的土城，自己就可以趁乱驱兵攻打魏军了。

不承想，从秋天一直等到冬天，都没有下多少雨，淮水也十分平缓。城中的粮草渐渐耗尽，不少人起了投降的心思。

文钦见状，劝说诸葛诞："眼下城中的粮草已经快要吃光了，不如把北方的士兵全部放出城，也能节省一点粮食。"

诸葛诞闻言大怒："你居然让我把北方的士兵全放了，你是想害死我吗？"说罢，立刻让人将文钦推出去斩了。

听说父亲被杀，文鸯和文虎两兄弟悲愤交加，当即从城墙上一跃而下，径直前往魏寨投降。

"当初要不是他夜袭营寨，我大哥也许就不会死……"司马昭一听说文鸯来了，当即想起了之前的旧仇，咬牙切齿地连声命人将文鸯绑来。

一旁的钟会连忙劝谏说："当时的罪过在文钦，如今文钦已经死了，恩怨就让它一笔勾销吧。文鸯两兄弟迫于形势前来归降，您要是杀了降将，城里的人谁还敢投降呢？请您三思啊！"

司马昭想了想，觉得他说得有道理，当即命人将文鸯两兄弟请入大帐，大加封赏。

文鸯得了封赏之后，当即到寿春城下以自己为例，劝说守城众人归顺，诸葛诞阻拦不住，只得带着几百人从小路逃出城，刚逃到吊桥边上，就被人手起刀落斩于马下。

再说西南的姜维，当他接到奏报称淮南诸葛诞发兵讨伐司马昭，东吴孙綝起兵协助他，司马昭不得不率领两都兵力出征东南，立刻乐开了花。

上表奏明了刘禅后，姜维当即兵发骆谷，翻越沈岭，打算先取长城，再深入中原。

出征前，姜维遭到朝中一些文臣的强烈反对，为首的是中散大夫谯周。他们对近年来姜维只知道北伐中原，不体恤军士，也不顾内政疲敝的情况十分不满，写信劝阻说："若一味地穷兵黩武，国家就要危险了！"

姜维眉峰紧皱地将谯周的信读了两遍，长叹一口气："你们说的这些情况，我又何尝不知？尤其是后主宠信宦官黄皓、贪图享乐的事，也是我心中最大的痛。然而，我实在不敢忘却师父临终前的嘱托！等我完成了师父的遗愿，再来整顿内政，还百姓一个海晏河清的国家。"

想到这里，他稳了稳心神，将谯周的信一把拍在案几上，大步流星地向外走去。

蜀军很快抵达长城附近。此处并没有多少魏军人马镇守，姜维没有费多大工夫便控制了局面。

正当姜维准备长驱直入攻克城池时，忽然听到背后人喧马嘶，姜维勒马回看，原来是魏军的援军到了。冲在最前面的是一个英姿勃勃的少年将军。

姜维下令后队变为前队，自己亲自立在门旗下等候，只见那少年将军大约二十多岁，骑着一匹雪白的高头大马，那马儿膘肥体壮、长鬃如瀑，衬得马上的少年唇红齿白，身形俊朗，说不出的风流气派。

马上的少年威风凛凛地大叫："大胆反贼，邓将军来要你的命了！"

姜维眼睛猛地一睁："这就是邓艾？竟然如此年少？"

他还在惊诧，少年将军已经挺枪拍马冲了过来，姜维便振奋精神迎了上去。那少年虽然长得斯文，下手却极狠辣，一杆银枪耍得虎虎生威，如银蛇狂舞，如蛟龙穿云，一连几十个回合，都没有半点破绽。

姜维不由得暗暗称奇，心思一动，计上心来。他瞅准一个空隙，将小将逼得稍稍退后，立刻拨马朝左边山路上疾驰。小将当即拍马追了上来，姜维趁机将钢枪挂在马上，暗中拿起雕弓羽箭往后射。小将早就看到了姜维的小动作，闪身一躲，继续追击。

小将追到姜维近前，拿起长枪便刺，姜维也早有提防，闪身一躲，趁势将小将的长枪夹在腋下。小将见武器被困，十分干脆地放弃长枪，掉转马头就朝自己阵营跑。

那速度，让姜维直呼："可惜！可惜！"

姜维追到阵门前，还想寻那小将继续交战，忽然听见一声暴喝："姜维匹夫！别再追着我儿子不放了！邓艾在此，我与你大战三百回合！"

话音未落，一个威风凛凛的将军打马出现在魏军阵前。

姜维大吃一惊，问："你是邓艾？刚刚那小将是谁？"

"我儿邓忠。"

姜维当下便笑了，说："好啊！邓艾，我已经记住你们父子了。今天先不打了，我的马乏了，咱们明天再来决战。"

邓艾闻言笑着说："明天就明天，又不是不敢来！"

到了第二天，姜维五更造饭，天刚亮就上了战场布阵，不承想，邓艾却高挂免战牌，说自己偶染风疾，需要休息。

这一拖就是好几天。

姜维自然能猜到邓艾是在故意拖延，目的就是等待援兵的到来。于是，他打算给东吴孙綝送去一封信，联合东吴的兵马一起出兵曹魏。

可谁知，回信还没有等来，蜀军探马就先一步送来了司马昭攻下寿春城，诸葛诞战死，吴兵投降的消息。

姜维听了沉默不语，半晌过后才缓缓道："又无望了……司马昭既然已经从东南战场上脱身，想必很快就会率领大军来救长城……"

为了避免陷入被动，姜维按照诸葛亮教授的退兵之法，缓缓后撤，沿途设下埋伏，一旦邓艾带兵来追，就杀他个回马枪。可邓艾似乎对姜维的心思了如指掌，不曾派出一兵一卒去追。这更让姜维心头失落不已。

姜维这边暂且不提，且说东吴这边，原本应诸葛诞的邀约一起出兵曹魏，不承想战场上损兵折将不说，还有好些大将归降了魏国，这让东吴大将军孙綝勃然大怒，把归降大将的家眷全都斩杀了。

当时的吴主孙亮年仅十六岁，看到孙綝杀戮心太重，心中很不认同他的做法，便有了除掉孙綝，自己做主的想法。不承想，孙綝先一步发觉了孙亮的计划，率兵包围了皇宫，将孙亮废为会稽王，另扶植孙休为君。

然而，孙休也不甘心做孙綝的棋子，秘密联络左将军丁奉、辅义将军张布等人除掉了孙綝及其党羽。

解决了内忧之后，孙休派人往成都送去国书，言说司马昭很快就会篡夺魏国政权，到时候一定会入侵吴、蜀以示威，双方都应该早做准备。

与其坐以待毙，不如主动出击。

收到东吴来信的姜维，当即上奏后主刘禅，于蜀汉景耀元年（公元258年）冬季，开始了他的第六次北伐。

姜维与夏侯霸总领中军，以廖化、张翼为先锋，王含、蒋斌为左军，蒋舒、傅佥为右军，胡济为后援，共起蜀兵二十万，直奔祁山进发，到祁山谷口安营扎寨。

姜维不知道的是，他精心选择的下寨地点，其实早被邓艾猜到了。

邓艾听说姜维发兵的消息后，提前一步到祁山勘察地形，排兵布阵时故意留出了几处极佳地形，不怕蜀军不去扎营。而这些地方的地下，早已被邓艾挖通了通往魏军大营的地道。姜维扎寨的当天晚上二更时分，魏军顺着地道长驱直入，突然出现在蜀军大营，打了蜀军一个措手不及。幸好姜维临危不乱，指挥有度，命令将士们冷静用弓弩射杀，

这才将魏军尽数杀退,不敢入蜀军营寨。

天亮之后,邓艾收兵回寨,忍不住感叹道:"姜维深得诸葛亮的用兵之法,又能临危不乱,是天生的将才啊!"

姜维经此变故,对待邓艾这个对手,也打起了十二分的小心。

第二天,姜维命令将士们掩埋地道,重新扎营,又派人给邓艾送去战书,约好隔日决战。

到了约定好的这天,两军在祁山前列阵。

姜维在阵前摆出八卦阵,正是他师父诸葛亮所亲传的绝学。这大阵变化多端、神鬼莫测,让邓艾十分感兴趣。邓艾当即照着姜维的八卦阵在自己的阵前依葫芦画瓢摆出了八卦阵。

姜维大吃一惊,持枪纵马大叫道:"你学我摆八卦阵,那你能变阵吗?"

邓艾得意地笑了,说:"我既然会布阵,怎么会不知道变阵呢?"当即勒马入阵,挥动令旗,指挥阵法变换。

姜维再次露出不敢置信的表情,震惊了半晌,再次发问:"会变阵又怎么样?你敢跟我的阵法相围吗?"

邓艾当即豪爽地回答说:"有何不敢?"

两人分别来到阵中,指挥阵法变换。

邓艾刚到阵中,就见姜维将令旗一挥,对面的八卦阵立马变成长蛇卷地阵,把邓艾困在垓心。四面八方的蜀兵齐声大喊:"邓艾!快点投降吧!"

邓艾听着四周喊杀声震天,心中大惊,但他领着身边人左冲右突,却始终被不断变换的阵法阻拦,上天无路,入地无门。

"大事不好!我命休矣!"邓艾仰天长叹道,"我一时逞强,却中了姜维的诡计!"

姜维见大阵困住了邓艾,欣喜异常,正打算入阵去活捉他,却见西北角突然杀出了一队魏军拼死冲阵。

姜维连忙再次变换阵型，不承想来人竟然是个懂得变阵的，从长蛇卷地阵的蛇头位置长驱直入，邓艾看到有魏军来救，也趁势往那个方向突围，不一会儿，还真的让他冲了出去。

"想不到魏营中竟然有人识得丞相的阵法！唉！天意啊……"姜维不由得掩面叹息，"这遭若是让邓艾逃走了，以后再想捉他就更难了……"

蜀军拼命阻拦，却还是让邓艾逃脱了。

不过，邓艾虽然被救，但魏军的祁山九寨均被姜维趁机攻占，邓艾只得引领败兵退到渭水南岸下寨。

回到营寨中安定下来后，邓艾问救他的司马望："您怎么会识得这个阵法，并将我救出来呢？"

司马望露出怀念的神色，说："我少时曾在荆南游学，认识了诸葛亮的好友崔钧、石韬等人，与他们讨论过这个阵法。"

邓艾大喜过望，说："既然如此，明日就请将军出面与姜维对阵吧。"

司马望露出为难的神色，说："我所学不多，恐怕斗不过姜维。"

邓艾一脸胸有成竹地说："不需要将军能赢，只需要拖住姜维即可。我趁机带人去偷袭祁山后面，将旧寨夺回来。"

不过，姜维和廖化等人也猜到了他们的打算，姜维在阵前与司马望斗得风生水起，山后埋伏的张翼和廖化也收获颇丰——两面夹攻之下，魏军溃败，邓艾舍命突围，身上中了四箭。

逃回渭南大寨的邓艾见明的不行，就来暗的——派襄阳人党均悄悄携带大量金珠、宝物前往成都，收买后主刘禅宠信的宦官黄皓。

就在姜维以为自己此次北伐定能成功的时候，后主派来的使者来到祁山大寨中，诏

令姜维即刻班师回朝。

姜维被震惊到失去了反应，也忘记了领旨谢恩。使者不耐烦地催促道："大都督，接旨吧！"

姜维舍不得如今的大好局面，却也不敢抗旨不遵。

收到姜维退兵指令的廖化急匆匆地闯入姜维大帐，脱口而出："将在外，君命有所不受。如今的机会千载难逢，怎可轻易退兵呢？"

姜维眼神黯淡地说："我又如何能甘心退兵呢？可陛下急诏，我……"

一起跟进来的张翼连忙出声安慰说："蜀人因为大将军连年出征，多少都有些抱怨。趁着如今得胜之际班师回去也好，咱们休养生息、安定民心之后，再做别的打算。"

姜维听他这么说，心里才好受了一些，又连忙安排各军有序撤退，廖化和张翼断后，以提防魏军追袭。

邓艾见姜维如此安排，知道自己大概率占不到便宜，便果断率军返回了。

姜维心事重重地回到成都，见了后主刘禅，询问究竟有什么十万火急的事，刘禅却闭口不答，顾左右而言他。

当下，姜维心中烦闷得想吐血，忍不住抱怨道："我已经攻占了魏军的祁山大寨，若不是陛下的诏书，此刻已经攻入中原了。臣发誓要讨伐汉贼，报效国恩，陛下就不能多给臣一些信任吗？"

刘禅被他质问得说不出话来，沉默了很久才说："我不再怀疑你了。你先返回汉中吧，等到魏国有什么变故，你再出兵讨伐。"

不久之后，姜维听说司马昭弑杀曹髦，另拥立曹奂为君，当即兴冲冲地给东吴送去书信，相约共同出兵讨伐司马昭弑君之罪。

此次与姜维对战祁山的又是邓艾，他本想以诈降计偷偷运走蜀军的粮草，不承想姜维早就识破了他的诡计，将计就计截了奸细王瓘的密信，改了约定时间，并在约定地点设下埋伏。等邓艾亲自带兵来接应时，直接被埋伏于两侧的蜀军一涌而出杀得七断八续，邓艾自己丢了盔甲和坐骑，混杂在步军之中这才逃过一劫。

而混在蜀军中诈降的奸细王瓘，一听说主将邓艾生死不明，当即一咬牙，烧毁了全部粮草车，而后趁着混乱逃向汉中，烧毁了汉中连通各个关隘的栈道。

姜维担心汉中有失，只得放弃追杀邓艾，连夜抄小路赶回汉中。

姜维的第七次北伐，虽然战胜了邓艾，但蜀军也损失了不少粮车，还被烧毁了栈道，只得铩羽而归。

蜀汉景耀五年（公元262年）冬十月，姜维命人修好了栈道，整顿好武器粮草，又从汉中水路调拨了船只，一切准备就绪后，他再次向后主刘禅请求北伐。

此次出征，他不往祁山，而是直奔洮阳。本想打邓艾一个措手不及，不承想，前部先锋夏侯霸刚到洮阳就中了邓艾的"空城计"，夏侯霸连同与他一起冲锋的五百军士全都死于城下。

听到噩耗赶来接应的姜维，还来不及哀叹，就被邓艾领着一队人马夜袭营寨。这一次，蜀军乱作一团，根本不受姜维控制，姜维拼死作战才得以脱身，后退二十多里下寨。

蜀军的两次败走，导致军心动摇。姜维就想赶紧取得一次大胜稳定军心。张翼进言说："如今魏兵全都在这里，祁山大寨一定会空虚。不如将军整顿人马在这里与邓艾交锋，攻打洮阳、侯河等地，拖住他们。我带领一队人马去攻取祁山。若是能一举攻下祁山九寨，之后再驱兵直奔长安。咱们大获全胜就指日可待了！"

姜维采纳了张翼的建议，当即在侯河日日挑战邓艾，拖延时间。邓艾见蜀军连吃两场败仗，还要连续到阵前叫阵，心生疑惑，很快也猜到了他们想打自家祁山大寨的主意。

于是，邓艾叫来儿子邓忠，命他领着一部分人马在这里假装被拖住，迷惑姜维，自己亲自率军前往祁山救应。

侯河战场这边你虚晃一枪,我接一个"假动作",倒是没掀起太大的浪花。祁山大寨那边直接斗得你死我活,还不停有援军投入战斗,快天亮时,因为姜维领着三千人马的到来,蜀军首尾夹攻,邓艾不敌,急忙退回祁山寨不再出战。

姜维再次乘胜追击,攻打祁山大寨,但不幸的是,他又收到了后主刘禅班师回朝的诏书。更过分的是,这次一天之内发来三道诏书,姜维不退也得退。

这次倒不是邓艾使坏,而是刘禅身边的小人作祟。

原来啊,当时朝中有个名叫阎宇的人,身无寸功,只因为会巴结黄皓,就得了"右将军"的位置。他在成都听说姜维攻打祁山接连取胜,抢功心切,便游说黄皓启奏刘禅:"姜维多次出战,却无功而返,不如让阎宇取代他。"

刘禅本就对姜维心有不满,又十分宠信黄皓,当即同意了这个提议。

这一出不仅姜维想象不到,就连敌营中的邓艾都不敢相信。看着蜀军突然空了的大寨,他甚至以为这是蜀军的计谋,连追都不敢追。

趣味链接——北伐中原

三国时期，姜维北伐曹魏的战争，在《三国演义》中描写的有九次，称作"九伐中原"。然而，根据《三国志》记载，公元238—262年，姜维共进行了十一次北伐。

《三国演义》中，诸葛亮对曹魏的北伐有六次，称作"六出祁山"，但实际上诸葛亮对曹魏发动的进攻战是五次，出兵祁山战场也只有两次。

有人十分好奇，为什么诸葛亮和姜维都要执着地北伐中原呢？

诸葛亮在《后出师表》中说："不伐贼，王业亦亡，惟坐而待亡，孰与伐之？"这两句话道出了北伐的根本原因：敌强我弱，如果采取保守的战略，与敌人一起休养生息，敌我之间的差距将会越拉越大，与其等到那个时候被动挨打，还不如以攻代守。

诸葛亮的北伐虽未能成功，但是他所率领的蜀军在以少攻多的形势下却基本上掌握了战争的主动权，一定程度上保证了蜀地人民生活的安定。

姜维的北伐基本是在延续诸葛亮的战略，以攻代守，以汉中为屏障，保卫成都的安全。

支撑他们数次北伐最重要的信念就是"北定中原，兴复汉室"，这几乎变成了他们的执念。

两人的北伐总是被人不理解，甚至有人说他们是劳而无功，因为连年征战消耗了大量的国力，才导致了蜀汉的灭亡。但其实蜀汉最大的弊病在于人才的缺失，尤其是诸葛亮去世之后，蜀汉人才衰退的速度极快，朝中渐渐被奸臣把持，姜维几次北伐失利都是因为这个原因。

三分天下一归晋

——姜维的最后一计

姜维回到成都后，才听说了后主刘禅近日的所作所为。因为宦官黄皓的迎合奉承、投其所好，后主整天沉溺于酒色之中，不理朝政。因为刘禅昏庸无道，朝中的贤人渐渐退去，小人日渐增多。

而姜维想要求见后主，问明召回的缘由，却始终得不到召见，不仅如此，后主一连十天都没有上朝，让姜维心中十分疑惑。

这一天，姜维来到东华门，遇见了秘书郎郤正，这才知晓其中的缘由。

姜维问道："天子召我班师，却又迟迟不见我，您知道是什么缘故吗？"

郤正叹了一口气，说："大将军难道还不知道吗？黄皓想要让阎宇抢功，所以进谗言让陛下将大将军召回。如今又听说邓艾善于用兵，又不敢去前线了，所以这件事就搁置下来了。"

姜维一听，居然是这样一个理由，当即拔出佩剑怒骂道："我非要杀了这个宦官不可！"

郤正连忙上前阻止姜维，说："大将军息怒啊！大将军继承丞相的北伐遗志，任重而道远，不可鲁莽行事！若是因为这点小事就诛杀陛下身边的近臣，定会为陛下所不容，以后还怎么继续北伐大业啊？"

姜维在听到"丞相"二字时，男儿泪忍不住扑簌簌落下。待情绪平静后，他郑重地向郤正连连道谢说："先生说的极是，我不敢鲁莽了！"

虽然经过郤正的开导，姜维不再钻牛角尖，但因为后主刘禅宠信宦官，三道诏书断送了北伐中原的大好时机，姜维的心情沮丧至极。

这天，听说刘禅和黄皓在后花园宴饮，姜维忍不住又来求见。刘禅以公务繁忙为借口，再次拒绝了姜维的求见，姜维气不过，直接闯了进去。

一听说姜维来了，黄皓急忙躲到湖边的假山后面。

姜维进来后，不见黄皓的身影，当即扑到刘禅的身边哭诉："我将邓艾困在祁山，陛下连续颁下三道诏书急召我回朝，我实在不知道陛下为什么要这么做？"

刘禅无法为自己的行为开脱，只得沉默不语。

姜维继续哭着说："黄皓如今奸巧专权、祸乱国事，危害不亚于当初灵帝时期的十常侍。臣恳求陛下，早杀此人，还朝廷一片清平啊！"

不等姜维再说下去，刘禅笑着打断道："大将军言重了。黄皓不过区区一个宦官内侍，手握权力也做不了什么，大将军又何必和他一般见识呢？"

姜维以头叩地，说："陛下，现在不除掉黄皓，恐怕会有大难降临啊！"

刘禅继续笑着说："常言说：'爱之欲其生，恶之欲其死。'我就这么一个喜欢的内侍，大将军也要厌恶到容不下吗？"

姜维惶恐地连声说不敢。

刘禅见敲打的目的已经达到，当即笑着说："这样吧，我让人将黄皓叫来，当面向大将军赔罪，大将军就不要和他计较了，如何？"

一旁的黄皓闻言，连忙出来跪下向姜维请罪，一边哭诉自己的委屈，一边求姜维饶命。姜维眼角余光瞥见黄皓已经哭得刘禅面露不忍，哪里还敢计较，只得沮丧地退了出去。

他一点主意也没有了,只得去见郤正,将发生的一切原原本本地对郤正说了。

郤正闻言,当即又是一声长长的叹息:"这可如何是好?大将军就要大祸临头了。要是大将军有什么不测,国家可怎么办啊?"

姜维被他叹气叹得心里直发毛,当即请求道:"还请先生为我指一条保国安身之策。"

郤正思索了好一会儿,才说:"事到如今,大将军不如暂时远离朝堂,屯田避祸。我知道陇西有一块名叫沓中的地方,那里土地肥沃,大将军不如去那里,效仿诸葛丞相当年的屯田之法,一来可以避祸,二来粮食丰收可以充实军需,三来可以看顾陇右各郡,四来大将军在那里,魏军也不敢觊觎汉中。不知大将军意下如何?"

姜维非常高兴,忙向郤正道谢:"先生妙计,感谢先生的金玉良言。"

郤正正色道:"还望大将军保重自己,养精蓄锐才是上策。"

"我知晓了,"姜维斩钉截铁地道,"我明日就去启奏陛下,自请到沓中屯田。我会等,一定能等到再次北伐的良机。"

刘禅对姜维的"识时务"很满意,当即同意了他的奏请。

就这样,姜维安排好各地关隘防守之事后,亲自率领八万人马,前往沓中屯田。

邓艾得到姜维远离朝廷到沓中屯田的消息后,简直不敢相信,当即命间谍画了一幅姜维屯田之营图,和自己的奏表一起快马加鞭送到司马昭手中。

司马昭使劲一拍大腿,喜道:"干得漂亮!这个姜维,屡次侵犯中原,一直是我的心腹大患,总算被排挤出刘禅的权力中心了,简直是天助我也!"

贾充趁机进言说:"陛下不如派一名智勇双全的刺客前去,若是能趁机除掉他,也可一劳永逸。"

从事中郎荀勖却说:"何必刺客呢?那刘禅偏宠宦官黄皓,导致大臣纷纷离朝避祸,这就是攻打他们的良机啊!陛下何不派大军讨伐,直接灭了他们不是更干脆!"

"这话说得不错,我若讨伐西蜀,该派谁为将?"司马昭问。

荀勖说:"邓艾是世间良材,可为大将,再派钟会为副将,此大事必成。"

司马昭听他这么说,连忙命人召钟会觐见,谁知钟会上来就给了司马昭一个大惊喜——他已经做好了伐蜀的攻略,图册中还标注好了蜀军的安营、屯粮之处以及何处进攻、何处撤退,全都推演得一清二楚。

司马昭看到这本图册,直接乐得找不到北了,也不顾朝臣的反对,当即命令钟会领兵出发,去和邓艾会合。

"不,主公,我和邓将军宜分兵进取,"钟会淡然一笑,话语里却满是坚定,"蜀地地势复杂,不宜合兵从一路攻打,我想邓将军熟知地理,也会同意分兵进蜀的。"

等到司马昭点头,钟会接着说:"为了避免泄露机密,惊动姜维,我会先做出讨伐东吴的样子。这样也可以威慑东吴,叫他们不敢轻举妄动。"

"妙!声东击西!一举两得!"司马昭大喜,立刻命人造了大船,任命钟会为镇西将军,又封邓艾为镇东将军,分兵两路,进攻蜀地。

却说姜维在沓中得到魏军大举进攻的密报,急忙上书给刘禅,请求出兵。

然而,黄皓深恨姜维,怎么肯让他有出头之日呢?于是,当刘禅询问黄皓意见时,黄皓趁机进谗言,说姜维立功心切,根本没有什么魏军攻蜀的事,还建议刘禅召见神婆,卜问前程。神婆得了黄皓的吩咐,拣好话来说,哄得刘禅忘乎所以,再也不理会姜维的请求。姜维后来数次上奏的告急文书,也都被黄皓藏起来不见天颜,因此耽误了大事。

就这样,魏军在钟会的带领下一路顺利抵达汉中,所过之处,城池无不攻克。

这天,钟会大军行至定军山,夜间奇怪的动静不断,扰得魏军不敢合眼。钟会既惊又疑,等到天亮后派人去打探,才知道此地是诸葛亮的墓穴所在。钟会心有余悸,当即命人备好祭礼,亲自到诸葛亮的墓前致祭。祭礼完毕,奇怪的现象都消失了。

当天夜里,钟会看书时突然倍感疲倦,昏昏沉沉地睡着了。恍惚间,一阵清香扑鼻,钟会忙抬头，就看见一个峨冠博带、鹤氅羽扇的人影出现在大帐内。他面如冠玉，眉目清俊，飘飘然就像是神仙。

钟会吓得魂不附体，问："你……你是诸葛亮？你不是死了吗？"

诸葛亮轻摇羽扇，缓步上前，说："你不用害怕，我只是有些话要告诉你，并不害你性命。"

钟会使劲咽下一口唾沫，说："您请讲。"

"如今汉室王气已绝，天命难违。我只想提醒将军，庶民无辜，希望将军入蜀时善待他们，勿使生灵涂炭啊！"

说罢，一阵清风卷过，诸葛亮的人影消失不见，钟会想上前挽留，却猛地醒来。仔细琢磨了一下方才诸葛亮说的话，钟会不敢不从，当即传令三军，严明军纪，不得扰乱百姓生活。也因为此举，蜀地的百姓对他们的到来并不全都是排斥，钟会也因此受益。

再说姜维，自从他得到魏军压境的消息后，便调集廖化、张翼、董厥等将提兵接应，自己手下的八万将士也被他分散至各处关隘防守。

但多处被攻，导致姜维分身乏术，腹背受敌。这天又被魏兵大队人马追得仓皇奔逃时，忽然遇见了左将军张翼和右将军廖化。原来他们是听说姜维受困，特地前来接应的。

廖化提议说："如今四面受敌，粮道不通，不如退守剑阁，再慢慢考虑对策。"

张翼也附和说："一旦剑阁有失，成都就危险了。"

姜维当即不再犹豫，与廖化、张翼一起率军来投剑阁。

来到关前时，才发现关上旌旗遍竖，一支彪军拦在关口——原来是辅国大将军董厥提前一步来此把守剑阁。四人立刻兵合一处，死守剑阁。

魏军听说姜维退到剑阁之后，多次冲关都被姜维倚仗剑阁天险击退，就连后来钟会的大军到了，也只能在距离剑阁二十里的地方扎寨，无法前进一步。

钟会抵达剑阁不久，邓艾的大军也到了。他得知钟会一路上过关斩将，抢占了

不少功劳，而后倚仗自己劳苦功高，居然连自己麾下的将领也敢越权处置，心里分外不爽。

于是，两人见面时，邓艾表面上恭维，暗地里却句句都在故意激钟会，让他早些攻克剑阁，好长驱直入拿下蜀地。

钟会自然知道邓艾的弦外之音，却故意说："哎呀！这个剑阁实在难以攻克，不知道邓将军有没有妙计呢？"

邓艾再三推托自己没有办法，钟会却坚持要问。邓艾只好回答说："依我看，将军可以派一小队人马从阴平小路奇袭成都。姜维得到消息，担心刘禅的安全，必然会离开剑阁去追击，将军的大军这时候再乘虚而入，不就打下剑阁了吗？"

钟会听了，心里暗暗叫骂："这邓艾出的什么馊主意？分明是在耍我！阴平小路尽是崇山峻岭，怎么过得去？人人都说邓艾机智过人，就这点能耐吗？简直是愚蠢至极！"心念一转，他马上做出欣喜状，说："哎呀，邓将军既然早有妙计，那就请您辛苦一趟，从阴平小路偷袭吧？"

邓艾在来之前就做了充分的心理建设，他猜到钟会这一路上都在抢占功劳，总想压自己一头，所以根本不会把自己的提议当一回事，因此他才想出了这个计策。没想到钟会果然上当，把奇袭成都的任务"让"给了自己。

"若不是我在沓中绊住了姜维，他哪有机会攻城略地，抢占汉中呢？不就是觉得我没有办法偷袭成都吗？我偏要攻下来给他看看！到时候，看他还怎么跟我比功劳？"邓艾这样想着，当下便不动声色地回到自己的营寨，精心挑选出五千士兵，由儿子邓忠带领着先行一步出发，这些人不穿衣甲，只带着斧凿器具，遇到险峻的地方便凿山开路，搭造桥阁，以方便后军前行。而他自己则率领三万士兵，携带干粮绳索紧随其后。每行进一百多里，就选出三千军士就地扎寨。

然而，等他们真正进了山，才知道什么叫作"蜀道难"。走了二十多天，才走了大约七百里。此处崇山峻岭、荒无人烟，士兵们每天攀山越岭，手和脚都磨破了，一不留神就坠下万丈深渊。

等到了最为崎岖的摩天岭时，连负责开路的邓忠都流下了眼泪："父亲，您处死我吧！这里四处悬崖峭壁，实在无法开凿！"

邓艾使劲喘口气，抑制住胸膛中如擂鼓一般的响声，正色道："我们已经走了七百多里，吃了无数的苦，功败垂成在此一举，如果轻易放弃，那些兄弟岂不是白死了？"

邓忠泪眼汪汪地看着父亲，指了指脚下的山石，又指了指下面的荆棘丛，说："这要怎么开路？开出来了又能怎么走？难道要让我们用肉身滚下去吗？"

邓艾闻言，眼睛一亮，兴奋地说："有何不可？想立功的跟我走！"说完，邓艾用随身携带的毛毡将自己的身体一裹，率先冲着山下的荆棘丛滚了下去。

邓忠惊呼一声，但见父亲很快便没了踪影，只得咬紧牙关，学着父亲的样子滚了下去。

邓艾父子的举动，令魏军大受震撼，一个个地学着他们的样子滚了下去。没有毛毡的就用绳索捆在腰间，一点一点往下爬，连续不断地前进。全员就这样成功地翻过了摩天岭。

又往前走了数十里，眼前突然出现一座屯兵的营寨，不过此时早已空空荡荡、草木荒芜。这个地方，邓艾早就勘察出，绘在了地图上。

可眼下他看着空荡荡的大寨，忍不住笑着感慨说："诸葛亮真乃神人也！可惜他一世英名，都毁在无能的刘禅手里！如果刘禅不撤走这里的兵马，我等即便翻过了摩天岭，想过去也得脱一层皮！眼下看来，是刘禅帮了我们大忙啊！"

邓艾率领这支敢死队一鼓作气，从阴平小路夺了江油城，接着取涪城，破绵竹。在成都的刘禅听闻绵竹被邓艾攻克，诸葛瞻父子双双阵亡后，吓得一心只想投降。他的第五子刘谌苦劝无果，自刎殉国。

刘禅在邓艾到达成都之际，反绑着自己的双手，带着棺材，率领文武百官出成都北门十里投降。刘禅投降后，还派太仆蒋显到剑阁传令，让姜维投降。

消息传到剑阁后，蜀军众人群情激奋，纷纷表示要与国家共存亡。

姜维先安抚了众将士，而后又道："即便我们都以死殉国，又有什么意义呢？我们真正该做的事，是复国！这是我姜维为汉室献的最后一计！"

他徐徐将自己的计划讲出来，众人纷纷表示配合。于是，剑阁关上遍竖降旗，很快，姜维便向钟会递交了降书。

起初，钟会还以为是计，不肯轻易相信，姜维神色黯然地说："国君都降了，我还坚持什么呢？我也不过是个凡夫俗子罢了！"

钟会一愣，就听见姜维又说："我听说将军在平定淮南叛乱时屡出奇计，不曾有任何疏漏。司马氏有今天的盛况，全都仰赖将军。我姜维英雄一世，只佩服将军您，只愿意向您投降。如果是邓艾来此，我宁愿战死也绝不受辱！"

这话算是说到了钟会的心里，他当即亲厚地拉住姜维，折箭为誓，与姜维结为兄弟。而后，为了表示对姜维的优待，他还将跟随姜维一起来投降的蜀地众人尽数归于姜维帐下，姜维心中暗喜不已，隔天便将蒋显派往成都找邓艾。

蒋显不仅给邓艾带去了姜维投降钟会的消息，还将姜维与钟会的一番话添油加醋地转述给邓艾听，邓艾当即气得火冒三丈，更加痛恨钟会了。

而后，蒋显大肆鼓吹邓艾攻下成都的功绩，吹得邓艾忘乎所以，在给司马昭的奏报中竟然自作主张要对刘禅及降臣大封官爵，还想要便宜行事的权力，惹得司马昭对他忌惮不已，当即对钟会大加封赏，牵制邓艾。

钟会一看，刚想瞌睡就有人送上枕头，当即趁着司马昭对邓艾起疑心的机会，上表述说邓艾即将造反。不仅如此，他还在姜维的建议下，拦截了邓艾写给司马昭的信，模仿其笔触另写一份，措辞十分傲慢无礼。

司马昭分别看了钟会和邓艾的书信，气得暴跳如雷，马上给钟会下达了捉拿邓艾的命令。钟会依令行事，邓艾父子还在睡梦中就被五花大绑，押上了囚车。

钟会听说邓艾父子被擒后，兴奋地带着姜维一起来围观。他用马鞭抽打邓艾的脑袋，骂道："你从前不过是个喂牛的人，也敢跟我比功劳？"

邓艾也破口大骂："无耻匹夫，暗害我父子算什么本事！"

钟会嗤之以鼻，摆摆手，命人将囚车押送往洛阳，交给司马昭处置。而他自己则全盘接收了邓艾的人马，兴奋得都快找不到北了。

谁知，还没高兴几天，钟会突然又收到司马昭的密信，说他担心钟会不能收服邓艾，已亲自率兵来到长安，要钟会前去见一面。司马昭为什么要来呢？自然是因为钟会手握二十万大军，惹了他的忌惮。

钟会看完汗如雨下，喃喃自语道："这是什么意思？我比邓艾人马多了好几倍，收服邓艾手到擒来。他却还要亲自率大军前来助我，这分明是怀疑我呀！"

姜维言简意赅："君疑臣死，邓艾的下场就是前车之鉴。你去赴会，必有一死。"

"我该怎么办？"

"不如反了。"

"你有什么好主意？"

"不如诈称手上有太后遗诏，奉命讨伐司马昭，以正弑君之罪。"

"好！伯约助我！事成之后，同享富贵。"

…………

姜维的计划滴水不漏，若能借钟会之手除掉司马昭，也算是为复兴汉室铺平了道路。可他终究没有算到人心——钟会虽然会因为一己私欲起兵谋反，但他手下的将官却并不是全都愿意跟着他冒险。其中有一个叫丘建的，表面上答应了一起谋反，暗地里却悄悄将钟会的密谋散播出去，很快，钟会的营帐被围，四面喊杀声大震。

关键时刻，姜维突然一阵心痛，眼前一黑，昏倒在地。

等他苏醒过来时，才发现钟会的部下已经占据了绝对主动，很快就将钟会射杀于乱箭之下。姜维眼看着回天乏术，忍不住仰天大叫："我的计策没能成功，这是天命呀！哈哈哈哈！这是上天要灭我姜维啊！"

说罢，举剑自刎而死，享年五十九岁。

邓艾和钟会的势力都被清除，司马昭乐得合不拢嘴。他命人将刘禅押到洛阳来，封为安乐公，以牵制剩余不愿归降的蜀地势力。

刘禅到洛阳后，司马昭设宴款待，先命人演奏了魏乐舞戏，又命蜀人演奏蜀地歌舞，蜀官听了纷纷落泪，刘禅却嬉笑自若。

司马昭笑着问刘禅："你想念蜀地吗？"

刘禅乐呵呵地说："此间乐，不思蜀也。"

司马昭笑着对心腹说："就算是诸葛亮在世，也扶不起这个人，更何况是姜维呢？"自此对刘禅不再有戒心。

朝中大臣因为司马昭一举灭蜀，立下不世之功，上表奏明魏主曹奂请求封司马昭为晋王。曹奂就是个名义上的天子，自然只能答应下来。司马昭的长子司马炎也被立为世子。

被封为晋王的司马昭，听着心腹们关于"天下换主"的畅想，心中暗喜，不承想乐极生悲，回家吃饭的间隙，突然中风，生命垂危。

第二天，众大臣来探病，司马昭已经连话都说不了了，只能用手指着司马炎，很快就咽了气。

司马炎接替父亲做了曹魏权臣，但他并不甘心只是做个权臣。

不久之后，司马炎效仿曹丕的做法，逼迫曹奂登坛禅让。这一天，文武百官在受禅台下跪拜，山呼万岁。司马炎继承魏统，登基做了皇帝，改国号为大晋，改年号为泰始元年。

吴主孙休听说司马炎已经篡夺了魏的政权，就知道司马炎将来一定会讨伐东吴，因此忧虑成疾，卧床不起，临终前立太子孙𩅦为新君。但朝臣都觉得太子年幼，不能理政，另拥立了乌程侯孙皓为帝。

东吴的朝臣们本以为给自己选了位明君，不承想这孙皓却是个昏庸残暴的人，即位之后整天沉溺于酒色中，宠幸佞臣，劝他专心治国的老臣全被他下令斩杀，夷三族，朝中从此再无人敢劝谏。

除了奢侈无度、大兴土木，他还好大喜功，偏信术士的谎话就敢不自量力地发动大军出征曹魏。

司马炎根本不将他这些小打小闹放在眼里，认为孙皓残暴无道，很快就会自取灭亡。果然，没过多久，孙皓就猜忌前线的大将陆抗，认为他不进攻就是有勾结敌人之心，还派出使者申斥陆抗，罢免了陆抗的兵权。

孙皓恣意妄为、穷兵黩武，惹得东吴上下纷纷抱怨，但劝谏的大臣都被他处死了。十多年间，孙皓杀死四十多个忠臣。

司马炎见状，终于发动了对东吴的总攻。此时的吴主孙皓失道寡助，东吴势单力孤，哪里能抵挡得住晋国的铁骑呢？于是，孙皓效仿刘禅的做法，率领文武百官出城投降了。

晋国大军班师回朝时，将孙皓带到洛阳面见司马炎，孙皓登殿跪拜司马炎，获封归命侯。

自此，魏、蜀、吴三国全都归于晋帝司马炎，天下一统，这就是中国古代历史上的西晋王朝。

趣味走取链接

羊陆之交

在本回中有过短暂出场的东吴将领陆抗，其实是个不可多得的军事人才。

陆抗是陆逊的儿子，被吴主孙休任命为镇东大将军，领荆州牧，守江口，以防魏兵。

孙皓想要出兵曹魏时，也是让陆抗领兵图谋襄阳。司马炎听说他要进犯襄阳，当即派出羊祜迎敌。羊祜抵达襄阳后，即便粮草充足，也不敢轻举妄动，部将都问他为何，他笑着说："陆抗这个人足智多谋，可不能小看了。他担任将领，我们就只能坚守，等到他们内部发生矛盾时才能趁乱图取。要是没有看清时势就轻举妄动，那就是自取灭亡。"

如此评价，可以看出羊祜对陆抗军事才能的认可。

两人就这样敌不动、我不动地对峙起来，羊陆之交也就此缓缓拉开帷幕。

羊祜与陆抗为了收买人心，双双在对战中比拼起信义和德行来：交战之前，务必会事先告知对方，拒绝偷袭；打猎不越界；互赠美酒佳酿……

有一次，陆抗生病了，好几天都没出门，羊祜还特意派人送去药物慰问，众人都担心敌人送来的药物会有诈，劝陆抗不要服用，陆抗却爽朗地笑着说："羊祜才不会做这种下三烂的事呢，你们不要担心！"吃完药，陆抗的病果然很快就好了。

众人都为这两人超越阵营限制的交情所折服，后世将这种两国将帅虽临敌相拒仍敦睦交谊的友情称为"羊陆之交"。